Auf leichten Schwingen

Auf leichten Schwingen

Prosa Lyrik Aphorismen

Vroni Beetschen

mit Illustrationen von Linda Graedel

In Kommission

MEIER BUCHVERLAG
SCHAFFHAUSEN

Die Autorin dankt herzlich für die
Druckkostenbeiträge

Stadt Schaffhausen
Kanton Schaffhausen
Knecht & Müller AG, Stein am Rhein
Raiffeisenbank Schaffhausen

Gestaltung: Zvezdana Schällebaum
Produktion: Meier+Cie AG, Schaffhausen
Druck: Kuhn-Druck AG, Neuhausen am Rheinfall
ISBN: 978-3-85801-191-6

Prolog

«Vor einigen Jahren konnte ich im September in voralpinem Gebiet ein Schauspiel besonderer Art beobachten. Ein riesiger Schwarm Schwalben besammelte sich auf Telefondrähten, in den Baumwipfeln, um turnusgemäss nach Süden zu fliegen. Im nächsten Frühling würden sie zu uns zurückkehren. Ein tröstlicher Gedanke. Ich liess ihn in ein Gedicht einfliessen mit dem Titel: «Auf leichten Schwingen». Nun habe ich ihn für mein neues Buch gewählt, wie auch den Gedanken der Hoffnung als Leitmotiv.
Von Künstlerhand auf dem Titelblatt symbolisch festgehalten, führt dieser Gedanke, von Schwalben begleitet, den Leser durch dieses Buch.

Vroni Beetschen

Vorwort

«Auf leichten Schwingen», so heisst ganz poetisch das neueste und bereits dritte Werk von Vroni Beetschen mit einer abwechslungsreichen Fülle von Prosa, Lyrik und Aphorismen aus ihrem letzten Schaffensdezennium. Einen ganz besondern Zauber erhält das Büchlein durch die subtilen Schwalbenskizzen, geschaffen von der Künstlerin Linda Graedel.
Wie alle andern Werke von Vroni Beetschen bereitet diese Neuerscheinung dem Leserkreis ein erholsames Vergnügen für Herz, Gemüt und Auge. Möge dieses bibliographische Kleinod deshalb allen Besitzern Freude bereiten und ihnen ein Abschalten vom Stress ermöglichen. Denn es ist wahrlich geschaffen für die Stille und die Musse, die ein Atmen der Seele erlauben.

Arnold Sigg

Am Anfang war der Gedanke

Der Geist umhüllte ihn
mit hauchdünner Seide,
damit er leicht war.

Die Seele schenkte ihm
zart anmutende Flügel,
mit denen er fliegen sollte.

Das Gewissen mahnte ihn,
in Liebe und mit Weitsicht,
Geduld zu üben.

Und er machte sich auf die Reise

Vom Gedanken zum Wort

Wenn Gedanken fliegen lernen, brauchen sie keine Startbahn. Manchmal kann man ihnen wohl einen Stoss geben, und manchmal, das ist eher der Fall, wollen sie sich selbständig und mit Willkür auf die Reise machen. Hinauf in den Himmel.
Lustig, traurig, voller Wut oder überglücklich, mit einer Ironie und mit einer Hartnäckigkeit, wie es nur Gedanken in sich haben. So setzen sie sich rittlings auf die weissen Wolkenbällchen und schauen belustigt auf das Erdenrund zurück.
Und siehe da, die himmlischen Gebilde nehmen Farben und Formen an. In zartes Morgen- und blutrotes Abendrot verfärben sie sich, werden zu einem langweiligen, bleiernen Grau oder zu einem bedrohlichen Schwarz einer Gewitterwolke. Lilarosa Zirren und regenbogenfarbene Schleierwolken wechseln einander ab.
In stetiger Veränderung, als würde man Watte auseinanderzupfen, bilden sich neue Kreaturen, fliessen in- und übereinander: Pilze, Fische, Engel, Dämonen, die herrlichsten Schlösser gibt es da zu bewundern.
Wenn Gedanken fliegen lernen, brauchen sie keine Startbahn. Aber eine Portion Phantasie. Ausgewachsen und gereift im Hirn eines sogenannten Homo sapiens. Als Folge davon entweichen sie, wie erwähnt, als in Gedanken verpackte Wünsche, Träume, Nöte oder Bitten zum Himmelszelt. Und da ist es schon vorgekommen, dass sich eine Sternschnuppe verirrte, um sich dieser weltlichen Bedürfnisse anzunehmen.
Genährt aus dem Fluidum der Wolkengebilde, kehren die einstmals sitzenden Gedanken und Phantasien in Form eingewickelter Ideen auf die Erde zurück. In anschaulichen, skurrilen oder

eigenwilligen Metaphern. Jemand wird sie in Worte umsetzen, irgendwo auf dieser Welt sind sie auf einem Blatt Papier, auf dem Sand der Wüste, in den Stamm eines Baumes geritzt, verewigt. Zu gegebener Zeit wird sie wiederum jemand lesen und sich ernsthaft fragen, warum denn Gedanken fliegen lernen müssen.

Die Wunder des Gedankens

Gedanken sind leicht oder schwer,
erhaben und verwerflich.
Eilen kilometerweit,
dahin, dorthin.
Möchte mit ihnen fliegen,
vermitteln, erklären können
und kann es nicht.

Gedanken sind die Samen unserer Seele.
Keimen, wachsen und erblühen
zu Blumen und Ideen,
bis sie verwelken.
Aus Samen werden Wunder,
und aus ihnen fallen Samen.
Es ist ... Leben!

In den Worten besteht die Möglichkeit,
Gedanken einzubringen.
Mit den schwingenden Tönen der Musik
finden sie Gelegenheit,
in den Himmel zu fliegen.

Am Rhein, im Fluss des Flusses

Strom, der du fliessest
vom Tag zur Nacht,
von der Quelle zum Meer!
Spiegelst des Himmels Blau,
wie der Wolken düstres Grau.
Unaufhaltsam ist die Reise,
unergründlich, was du mit dir trägst.

Eingeflochten in dem grossen Strom,
treibt des Dichters Seele mit
und reitet auf den Wellenspitzen.
Wortgebilde, erfinderisch,
trägt die Gischt herüber, leicht,
die Muse will verstanden sein
in Schönheit und Vergänglichkeit.
So lausch denn ihrer Vielfalt Spiel,
bevor sie tänzelnd weiterziehn.

Im Fluss des Flusses
liegt verborgen, zu ergründen
aller Flüsse Ziel und Sinn!

Heimweh und Fernweh
ziehen die Menschen
rund um den Globus.
Heimat ist ein Stück Erde,
aus dem der Baum
das Wasser zieht.

Freundschaft

Verbindendes Lächeln
wechselt in buntem Band,

Perlengeflüster wirbelt
in lauem Wind.

Gedankenbrücken überwinden
alle Wolkenberge.

Sonnendurchfluteter Übermut
springt über die Klippen.

Verhangene Tage
suchen klärende Antwort.

Tränenflüsse versickern
zum leisen Verzeihn,

Wurzeln erwachsen
zum fündigen Weg.

Augenblicke vereinen,
was war und werden wird,

von dir zu mir,
in wunderbarer Gewissheit,

dass es dich gibt.

Eigentlich …

Eigentlich hätte ich zu Hause bleiben müssen. Mein Kopf ein einziges Bienenhaus, die Glieder bleiern schwer. Doch ich wollte hin, zu dem Apéro, der mir bestimmt gefallen würde. Das Gegenteil geschah. Ich geriet an die falschen Leute. Und zu allem Elend schwappte der Weisswein aus meinem schlanken Glas auf das rosa Seidenjacket einer Dame, weil ich von hinten von jemandem gestossen wurde. Eigentlich hätte ich mich in aller Form und redegewandt entschuldigen sollen, doch nur einige gestammelte Worte des Bedauerns brachte ich heraus. Eigentlich hätte ich den Mann suchen müssen, der die ganze Misere verursacht hatte, seine viel zu breiten Hosenbeine habe ich noch wahrgenommen, doch eigentlich brauchte ich dazu einen Detektiv. Also, der Abend war verpfuscht. Dazu kam, dass ich mich hundeelend fühlte.

Tage später besuchte mich Tante Martha. Es wäre mein freier Mittag gewesen, und ich hatte vor, einen Spaziergang zu machen, da kam sie die Treppe herauf, auf einer Hand eine Tortenschachtel balancierend. Vorsichtig versuchte ich der netten Tante zu erklären: «Soeben und eigentlich …» Martha schnitt mir das Wort ab. «Komm, wir plaudern ein bisschen. Weisst du, letzte Woche habe ich meinen Fuss leicht verstaucht, da dachte ich» ... «Schon gut, es freut mich, dass du gekommen bist, ich mache uns einen Kaffee.» Eigentlich tönte meine Einladung irgendwie gekünstelt. Na ja, ich hatte mich eben auf etwas Sonne eingestellt. So zog ich meine Schuhe wieder aus und machte Kaffee. Wir plauderten über dies und das, eigentlich über nichtssagende Dinge, die mir ziemlich egal waren. Der Linie zuliebe hätte ich eigentlich auf den Kuchen verzichten müssen, doch der Anstand gebot mir, wenigstens ein Stück davon zu essen. Die letzten Sonnenstrahlen huschten über das Giebeldach des Nachbarhauses, als sich Tante Martha verabschiedete. Eigentlich war der Mittag nun gelaufen. Mit einem Seufzer sank ich in meinen Sessel und griff nach dem Buch, in dem ich gerade am Lesen war. Unter anderem stand da: «Eigentlich wäre die Welt ein Wunderwerk, würden die Menschen nicht dauernd daran herumpfuschen.»

Eigentlich ... Mir schwirrte der Kopf. «Eigentlich sind wir Idioten», dachte ich, wie Ameisen eilen wir hin und her, nur viel hektischer, doch anstelle eines behäbigen Haufens entsteht ein Miniaturhäufchen, weil stets jemand von dem ersehnten Haufen abträgt. Eigentlich müsste man Visionen haben, um zu überleben, eigentlich ... Kürzlich hatte ich mit mir eine Bereinigung vorzunehmen. «Eigentlich» habe ich aus meinem Wortschatz, meinem Vokabular herausgestrichen, aus meinem Kopf verbannt. Das Wort existiert nicht mehr. Eigenartig, seither geht es mir viel besser!

Frühling am See

Lange Regenleitern fallen
lautlos auf den weiten See.
Ein Nebelkind leicht schaukelt
in den Sprossen hin und her.
Geknickter Schilf am Ufersaum,
verwelkte Blätter liegen matt
auf runden Steinen algengrün.
Die Stille dehnt sich aus,
legt sich wie Leinen übers Land.

Doch da, ... ein Blesshuhn
pflügt durchs Wellennass,
laut balzend ist sein Ruf.
Ein zweites folgt im Schlepp
und muss das Weibchen sein.
Es flieht das Grau den Sonnenstrahl,
zur Harmonie – dem Frühling entgegen.
Das Blesshuhn weist ihn mir
und wird Kurier des Lebens sein.

Schneeschmelze in den Bergen

Tausend kleine Sterne
diamantenglitzernd hell
fliessen,
auf die Mutter Erde,
ihren dürstenden Schoss.
Leise,
im blau-violetten Gewande
hebt eine Anemone
sachte
ihren Kopf.
Bringt dem müden Wanderer
aufmunternd
einen Frühlingsgruss.

Eine Liebeserklärung
in luftiger Höh?

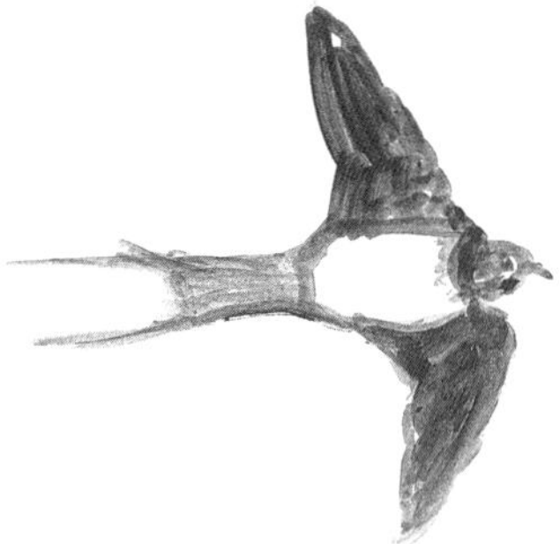

Treibholz

Bei schönstem Sonnenschein folgt die Familie, Vater, Mutter und zwei Söhne, dem kleinen, romantischen Uferpfad. Der Weg schlängelt sich durch lichten Wald, vorbei an mannshohem Schilf, Moorwiesen und kleinen Anhöhen. Pure Natur erwartet das wachsame Auge. Schmetterlinge tanzen durch die Luft, links und rechts raschelt es im Unterholz, und auf dem Fluss tummeln sich die verschiedensten Arten von Wasservögeln. Die Jungs sind bereits einen Sprung vorausgeeilt. Leichtfüssig, neugierig erspähend, was für ihre Bubenherzen interessant sein könnte. Plötzlich bleibt Peter, der kleinere der Buben, auf einer flachen Kiesbank stehen, die sich unmittelbar vor ihm aufgetan hat.
«Papi, schau, das viele Holz! Ein toller Platz, mega läss! Da will ich bleiben!» Er setzt sich auf einen grossen Stein, als hätte dieser auf ihn gewartet. «Ja, schön ist es hier, bleiben wir», meint nun auch der Vater. Die Rucksäcke der Eltern gesellen sich zu dem kleinen von Peter, der ihn bereits abgelegt hat. Thomas, der ältere Sohn, ist zur Wasserlinie des Flusses gelaufen. Am Strand liegen Steine in allen Grössen und Formen, die meisten aus Kalk und Gneis. Thomas wählt die kleineren, flachen Steine aus. Zwischen Daumen, Zeig- und Mittelfinger, mit einer für diesen Zweck angewandten Technik, die nicht jedermann beherrscht, schleudert Thomas nun die Steine weit hinaus, auf die Wasseroberfläche. Thomas ist darin Könner. Achtmal ist ihm ein Stein gehüpft, achtmal sind kleine Kreise entstanden, die sich vergrössern, um im Fluss zu verflachen. «Super!», Thomas jauchzt und wirft die Arme in die Luft. «Das soll mir einer nachmachen!» «Ja, mein Sohn», ruft ihm sein Vater zu, «du bist wirklich Spitze! Schiefern war schon immer deine Leidenschaft.

Aber meinst du nicht, wir sollten uns langsam daran machen, Holz für ein Feuer zusammenzutragen?» «Komme gleich», erwidert Thomas voller Eifer, «nur noch zwei Steine, die ich gefunden habe, will ich schiessen.» «Gut, dann werden Peter und ich die Feuerstelle herrichten, Steine hat es ja im Überfluss!» Vater und Sohn wählen grosse Quader aus, um sie geschickt im Kreis herum zu einer idealen Feuerstelle zu gruppieren. Thomas hat sich nun auch zu ihnen gesellt. Drei Männer, zwei kleinere und ein grosser, schicken sich an, dicke Bengel, Holzstücke aller Art zur Feuerstelle zu schleppen. Bald züngeln die ersten Flämmchen zaghaft an den dünnen Ästchen, um danach Gefallen an den grossen zu finden. Mutter bereitet in dieser Zeit die Würste vor. Mit einem Messer schneidet sie die Cervelats ein, mit Bedacht nicht zu tief, damit sie beim Braten lustige, aufgeschlitzte Männchen würden. Noch mehr und noch mehr Brennmaterial bringen die Männer zur Feuerstelle.
Plötzlich aber hält der Vater inne und betrachtet in seinen Händen ein längliches, oben breites und unten schmaler werdendes Holzstück. Sekunden verstreichen. Lange verweilen seine Augen auf diesem sonderbaren Stück Holz. Sodann schweifen seine geistigen Augen über den Fluss hinweg, über Wälder, Äcker, Wiesen, Städte, weiter, immer weiter, bis hinauf in die Schneeberge. «Was hast du?», ruft Peter, der gerade mit aller Kraft einen Bengel zum Feuer schleppt, dem Vater zu. «Es ist, als sähe ich etwas Merkwürdiges», antwortet der Vater. Die beiden Buben scharen sich um ihn. «Zeig her, was hast du gefunden?», tönt es im Chor. «Das! Ist es nicht ein eigenartiges Stück Holz? Seht ihr auch ein Gesicht darin?» «Ein Gesicht?» Wie aus einem Munde kommt

die Frage von beiden. «Ich sehe nur Löcher und Schlitze, wie es all die hier herumliegenden Bengel haben», meint Thomas, während Peter stirnrunzelnd das Holz einer näheren Inspektion unterzieht. «Schwierig, etwas herauszufinden. Doch zeig uns, was du siehst.» Vorsichtig streicht Vater über das Holz. «Eine Nase, grosse, dunkle Augen, die ein klein wenig traurig blicken, und ein Mund, der einem viel erzählen möchte. Das Gesicht? Könnte von einem Gnom sein, einem Wald- oder Berggeist. Richtig, das muss es sein, ein Berggeist. Seht, sein Gesicht ist robust und sehr eigenwillig.» «Klar, Papi», hakt nun Peter ein, «und hier ist ein Ohr, das andere ist ihm abgerissen worden, was muss das doch für ein armer Kerl gewesen sein.» «Eben, ich glaube, da steckt viel mehr dahinter, ein Geheimnis, eine Geschichte», gibt der Vater seinen beiden Buben zu verstehen. «Ja, ja, erzähl, was für ein Geheimnis, was für eine Geschichte?», bettelt Peter. Thomas jedoch lehnt ab. «Ach was, ihr seht Gespenster, Geister. Verbrennen wir doch den Bengel. Ich habe einen Mordshunger.» «Wenn du die Geschichte nicht mit anhören willst, Thomas», meint Vater, «kannst du Mutter helfen, das Holz zu verkleinern, sie kann dich gut brauchen.» Trotzig murrt Thomas: «Ich bleibe, höre mir halt deine Spinnergeschichte an.» Mit einem Lächeln in den Mundwinkeln beginnt der Vater zu erzählen:
«Es muss vor vielen Jahren gewesen sein, da tobte ein gewaltiger Sturm. Er hob Hausdächer ab, schob Autos wie Zündholzschachteln meterweise fort und riss grosse Schneisen in die Wälder. Er drückte alles zu Boden, was nicht niet- und nagelfest verankert war. Der Wind peitschte die Seen auf, fegte hoch in den Bergen um die Felsenspitzen, als würde er Verstecken spie-

len. Vor lauter Getöse war nicht einmal mehr das Gemurmel des Bergbaches zu hören. Ob ihr es mir nun glauben wollt oder nicht, seit Menschengedenken leben Geister in der Natur. Nicht nur in verlassenem Mauerwerk und im Holztäfer alter Burgen und Schlösser, nein, sie sind auf der ganzen Welt beheimatet. In den Städten, in den Wäldern, in den Bergen, sie streichen über Wüstensand, hüpfen über Meereswellen, sie sind überall. Sie notieren sich, über Jahrtausende von Jahren, was sich zuträgt. Von dem einen, von diesem hier, den ich in den Armen halte, ist jetzt die Rede.
Zu dem Zeitpunkt des grossen Sturmes lebte er in den Bergen, hoch oben, wo die Natur Natur geblieben ist, dort war sein Zuhause. Er war ein junger Berggeist. Die älteren kannten diese Stürme von früheren Jahren, hatten sich in Felshöhlen oder Erdlöchern verschanzt. Er aber fand diesen Höllenspektakel höchst aufregend und lustig. Er tanzte im Wind, dass seine langen Haare nur so flatterten, als wären sie eine Fahne. Erst als es ihm doch etwas unheimlich wurde, besann er sich eines Besseren und wollte sich ein Versteck suchen. Zu spät! Eine gewaltige Böe fegte ihn kurzerhand um. Mit dem Kopf voran fiel er auf einen Ast, der Minuten zuvor von der mächtigen, knorrigen Bergföhre abgebrochen war. Das war ein Heulen, ein Pfeifen, ein Donnern in den Schluchten, in den Wäldern! Die Bergföhre jammerte und ächzte in allen Tonarten. Nicht viel besser erging es dem kleinen Berggeist. Seine Haare hatten sich zwischen den Nadeln verfangen, und vor Schmerzen heulte er bitterlich. So verharrte er eine Weile und hörte zuerst gar nicht, dass da jemand zu ihm sprach: ‹Drück dich fest an mich, kleiner Berggeist, ich weiss,

du hast schon viel Gutes getan, darum will ich dir helfen. Es kann sein, dass du bald einen Puffer benötigst, um die stärksten Schläge aufzufangen, glaube mir!› Es war die Stimme des Astes, der unter ihm lag. Der Berggeist tat, wie ihm befohlen, und presste sich fest an den Ast. Nach einer kurzen Verschnaufpause schlug der Wind nochmals kräftig zu, und tatsächlich, die alte Föhre begann sich zu neigen, neigen, der Wurzelstock gab nach, und mit einem höllischen Krachen begann sie zu Boden zu stürzen. Entsetzen überkam den Berggeist. Er lag genau in der Fallrichtung. ‹Jetzt ist es zu Ende, ich muss sterben›, seufzte er fast unhörbar, doch der Ast beschwor ihn: ‹Drück dich fester an mich!› Das tat der Berggeist, und dann kam der Aufprall. Für Sekunden verlor der Kleine das Bewusstsein. Umschlungen lagen er und der Ast für eine geraume Zeit eng beieinander. Allmählich legte sich der Sturm, wie eine Ewigkeit war es dem kleinen Berggeist vorgekommen. Langsam, langsam löste er seine Arme vom Ast, streichelte ihn sanft und versprach ihm: ‹Du hast mein Leben gerettet, hab vielen Dank! Solltest du einst in Not geraten, so will auch ich dir helfen. Ich wünsche dir alles Gute und werde dich nicht vergessen.› Darauf trollte er sich davon.

Der Ast blieb Jahre unter der gestürzten Föhre liegen. Sommer und Winter wechselten sich ab. Die grünen Nadeln waren längst abgefallen, und er war leichter geworden. Das Lebenselixier war aus ihm gewichen, nicht sein Geist und seine Seele. Nach einem strengen Winter löste sich weiter oben, wo es noch steiler war, eine Wächte. Sie nahm mit, was ihr im Wege stand, das waren die umgestürzte Bergföhre, all die Äste im Umkreis, unterwegs noch viel weiteres Holz und Geschiebe.

Als es Frühling wurde und der Schnee schmolz, entführte der Bergbach das Sturmholz auf die grosse Reise. Zu Treibholz geworden, über Felswände stürzend, sich durch schmale Schluchten zwängend, in rasanter Fahrt strebte es mit weiterem Gehölz dem Unterland zu. Meistens obenaufschwimmend, dann wieder sich überschlagend bei einer Stromschnelle, nach Hunderten von Kurven erreichte es nun ruhigere Gewässer. Vom Fluss zu einem See, um wiederum im Fluss in den kräuselnden Wellen abwärtszutreiben. Ein Gewitter spülte das Stück Treibholz auf eine flache Kiesbank, wo es Artgenossen aller Gattungen antraf. Regen durchnässte es, die Sonne leckte es blank, und der Wind schärfte die Konturen. Und das über Jahre. Das Gesicht des kleinen Berggeistes war jetzt klar und deutlich auszumachen. Wieder einmal zur Frühlingszeit wanderte eine Familie dem Flusslauf entlang, sie kamen zu einer Kiesbank, hatten Hunger und beschlossen ...» «... ein Feuer zu machen, nicht wahr, Papi», sagt Thomas, «und nun ist das Märchen zu Ende!» «Du bist fies, Thomas» protestiert Peter, «Papi, du musst nicht auf ihn eingehen.» «Tatsächlich ist es so, beinahe ist die Geschichte zu Ende», pflichtet Vater Thomas bei, «beinahe! Vielleicht betrachtet ihr nun das Stück Treibholz mit anderen Augen.» Während sich Thomas anschickt, allmählich doch die Würste zu braten, denn Mutter hat eine prachtvolle Glut zustande gebracht, nimmt Peter das Treibholz in seine Arme. Er betrachtet es liebevoll und wiegt es leicht hin und her: «Du kommst mit mir nach Hause! Ich weiss schon, wo ich dich hinstellen werde, an einen besonderen Platz in meinem Zimmer.»

So vergehen Augenblicke, die Stunden hätten sein können. Das Holz und Peter werden eins. Da schauen ihn die Augen aus dem Treibholz gross an, und plötzlich beginnt sein Mund zu sprechen: «Bub, ich komme zu dir. Weisst du, so gewiegt hat mich der Wind vor vielen, vielen Jahren. Da war ich Teil einer grossen, knorrigen Bergföhre, hoch oben in den Bergen. Ich konnte dem Adlerpaar zusehen, wie es seine Kreise zog, hörte die Murmeltiere pfeifen und im Winter die Lawinen ins Tal donnern. Wenn am Morgen die Sonne golden hinter den Bergspitzen auftauchte, und am Abend glutrot versank, das Alpenglühn begann, dann wusste ich, es ist Leben. Eine Welt voller Wunder, mit tausend Schönheiten und ihren eigenen Naturgesetzen. Das ist lange her, meine Reise war lang, vieles hat sich inzwischen ereignet. Es gibt Weisheiten in der Natur, im Menschen, und ebenso halten sich die Geister daran, wo sie sich auch aufhalten mögen. Es ist ein ungeschriebenes Gesetz. Ich werde zu dir kommen und dich mit meinem Gesicht aufheitern, wann immer du mich brauchst. Denn der kleine Berggeist ist heute zu mir zurückgekehrt. Er hat sein Versprechen eingelöst.»

Illusion

Zum Brunnen der Weisen zog es mich einst,
zu kosten vom göttlichen Gut:

Füllte den Becher ganz oben auf
und führte ihn zum Mund.

Doch da war kein Tropfen,
nur Leere und Nichts.

Masslos enttäuscht, verwundert, erzürnt,
dann schweigen – warten.

Da ahnte ich, was in Wirklichkeit
– Weisheit war.

Kleinode

Ein Kleinod ist ein wunderbares Geschenk!
Ist es ein Schmuckstück, ein Masköttchen
oder ein Talismann?
Benenne ich den Tag als solches,
an dem ich dich traf?
Ist es ein Kinderlachen,
das aus tiefster Kehle dringt?
Vielleicht ein Regentropfen,
der auf meine heissen Wangen fällt?
Ein Kuss, den man nie vergessen kann
und will?
Ist es das Meeresgetier in den Fluten,
sind es die Vögel in den Lüften, ziehend
von Kontinent zu Kontinent?
Ist es eine Wahrheit, die Lügen straft?
Ist es der Himmel, die Sonnenblume
oder gar ein Sonnenstrahl?
Kann es das Licht in der Dunkelheit sein?
Ist es ein Traum, der Wirklichkeit wird,
oder ein Albtraum, der vergeht?
Wer weiss es, wer kennt die Zeit der Kleinode!
Bewahre du sie selbst in deinem Herzen
Es gibt viele davon,
aber nur wenige für dich allein.

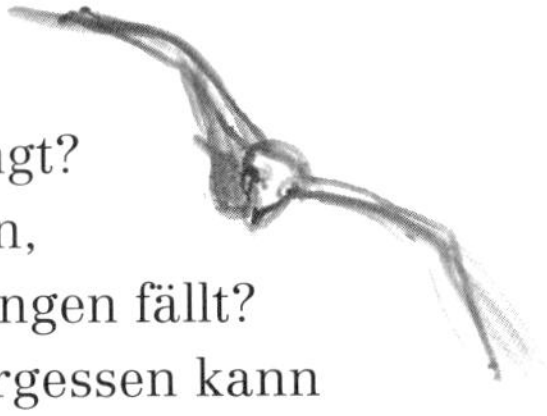

Die Wege der Zeit

Die Wege der Zeit, aus dem Universum
auf Flügeln getragen zur Erde,
wurzeln im Geist.
Die Wege der Zeit, vollzogen
in der Geburt eines Kindes,
bedeuten Erbe.
Die Wege der Zeit von der Wiege
zum Mann, zur Frau
durchlaufen Stationen.
Die Wege der Zeit des Lebens,
unergründlich im Augenblick,
keimen aus Erfahrungen, Erkenntnissen.
Die Wege der Zeit unserer Erdenreise,
hell, dunkel, farben- und facettenreich,
gleichen Seiten eines Bilderbuches.
Die Wege der Zeit stehen in den Sternen,
unerreichbar, was uns gelüstet,
Zyklus über Jahrtausende.
Die Wege der Zeit werden uns einholen,
Waage und Schwert der Justitia,
Attribut der Gerechtigkeit.
Die Wege der Zeit gründen in des Schöpfers Sinn.
Meine Zeit ist nicht seine Zeit,
aber meine Zeit liegt in seinen Händen.

Schenke deinen Lieben
Blumen zu Lebzeiten.
Auf dem Grabe
welken sie nur.

Alle Dinge dieser Welt

Verflixt! Wie die Dinge liegen, passen diese Dinger überhaupt nicht ... wie heisst es wieder ... das Ding da ... in dieses Ding hinein. Es ist zum Verrücktwerden. Viel besser, wir lassen diese blöden Dinger Dinger sein, weil es weit wichtigere Dinge gibt, als sich zu ärgern, und um sich zu fragen, ob alles mit richtigen Dingen her- und zugegangen ist.
Zum Beispiel könnte man einen kleinen Spaziergang machen, Und siehe da, welch hübsche, junge Dinger einem über den Weg laufen. Grazil schwebend, mit den Hüften schwingend, das sind Dinge, von denen wir nur träumen können. Mit ihren hochhackigen Stöckelschuhen sehen sie sehr anziehend aus. Vor allen Dingen ihre Beine. Potz Blitz, da kommen einem schon die ausgefallensten Dinge in den Sinn, ... aber, pst, über solche Dinge spricht man nicht, man denkt sie bloss, sonst geschehen Dinge, über die man sich wundern könnte. Gewiss, es sind die natürlichsten Dinge dieser Welt, notabene, so glaubt man! Doch da könnten einige Dinge ihren Lauf nehmen, weil unvorhergesehene Dinge unterschätzt wurden. Nun aber Schluss mit diesen Wortklaubereien, wenden wir uns anderen Dingen zu. Beschaulichen, besinnlichen, beglückenden, denn bekanntlich sind aller guten Dinge drei. Solche, die wir ersehnen, erhoffen und hoffentlich erleben werden.
Ja, wenn man Dinge deklarieren müsste, lautete der Text ungefähr so: komplexes Etwas ohne Gesicht und Inhalt. Namenlos, ausdruckslos, undefinierbar, beliebig einsetzbar. Auf alle Fälle ein Phänomen, weil beide, der Erzählende und der Zuhörer, nach Belieben und Ideenreichtum dem Ding ihren Stempel aufdrücken können. Aufwerten, vernichten, vertuschen kann man

es und sich dahinter verstecken. Anonymität total. Schon der Vetter aus Dingsda aus der gleichnamigen Operette konnte das bestens nachvollziehen.
Wenn alle Dinge dieser Welt beim Namen genannt würden, möchte ich nicht erleben, wie viele uns Bauchweh verursachen könnten. Dinge zu drehen, das verstanden schon unsere Ahnen, Vorahnen. Zu gerne gäbe man die aufgetauchten Dinge mitsamt ihrer Vergangenheit in die Schublade zurück. Die trägt die Aufschrift: Die Dinge dieser Welt, alphabetisch geordnet. Es besteht keine «Auftragsverpflichtung». Und dick unterstrichen: Verjährt. Ausgezeichnet. Da sind wir uns wohl einig, von solchen Dingen wollen wir nichts mehr, gar nichts mehr wissen. Tatsächlich, da hilft auch der Ausspruch nicht darüber hinweg, gut Ding will Weile haben.
Oh, dieser Haufen Dinge! In den Köpfen zu Illusionen wuchernd, verhöhnte, verpönte Realitäten, die keine sind, verkümmert in einer verarmten Welt, auf der Suche nach dem verlorengegangenen Wort.
Lassen wir uns entführen auf eine der grossen Bühnen dieser Welt. Eben sollte der Schauspieler seinen Monolog vortragen, da sind ihm seine Worte davongeflogen. Er kann sie nicht mehr sagen, sie sind fort, vergessen. Noch ist es erst die Hauptprobe, doch schlimm genug. Was ist geschehen? Wie Wanzen kleben die Worte, zu Dingen geworden, am schweren Bühnenvorhang und grinsen höhnisch dem verzweifelten Mann zu. «Bitte», seine Hände in betender Gebärde erhoben in Richtung Vorhang, «bitte, morgen ist Première, ihr müsst wieder zu mir zurückkehren. Ich verspreche ...» «Was versprichst du uns?», flöten

die unzähligen Dinge aus dem Vorhang. «Ich verspreche, dass ihr alle eine Seele bekommt, einen Geist und Leben und ...», dann kratzt er sich am Hinterkopf, «... einen Namen trägt, und so in die Welt hinausgeht.» Die Dinge hören aufmerksam zu und beraten untereinander. «Gut, kleiner Schauspieler, wir erfüllen dir deinen Wunsch. Aber kannst du uns sagen, was mit all den anderen Leuten auf Erden geschieht?» Wieder muss der Mann seinen ganzen Erfindungsgeist mobilisieren. «Die Menschen, sie müssen ins Theater gehen, um die Worte zu hören, die ihnen verloren gegangen sind, sie müssen das Wort erleben lernen, und dann wird das Herz jedes Wortes im Herzen der Menschen verankert bleiben.» «Gut», erwidern die Dinge, «wir glauben dir.» Am nächsten Abend steht der kleine Schauspieler auf der Bühne. Das Publikum applaudiert. Beeindruckt von des Schauspielers Worten, haben sie alles um sich herum vergessen. Den Alltag, die Last. Das Heute, das Morgen!
Ein kleines Wort nur, das im Regiebuch vorgesehen war, hatte allerdings der kleine Schauspieler eigenmächtig ausgetauscht. Er ersetzte «Alle Dinge dieser Welt» mit «Alle Wunder dieser Welt».

Wenn wenig viel wird
und viel wenig,
sind wir bald am Ziel.

Dieser Kräfteverschleiss.
Heute leben wir nicht mehr miteinander,
sondern gegeneinander.
Darum rennen wir immer wieder
im Kreise herum.

Gib mir deine Hand

Gib mir deine Hand, wie kraftvoll, jung sie ist. Geladen mit Temperament und Elan. Ich spüre, du bist in Eile, deine Gedanken sind schon weit weg. Nur für einige Sekunden mit dir verbunden zu sein, es war schön.

Gib mir deine Hand, kalt ist sie, kraftlos. Was bewegt dein Herz, was macht dich schlapp? Fragen, die ich nicht beantworten kann. Meine Hand ist warm. Ich möchte dir ein klein wenig davon geben. Als Fremder, als Freund!

Gib mir deine Hand, wir beschliessen, Frieden zu machen. Wie es einst der Indianer Tradition war. Das kleine Wölkchen der Friedenspfeife steigt zum Himmel. Ein Händedruck soll ihn besiegeln, den Frieden. So einfach?

Gib mir deine Hand, einen goldenen Ring möchte ich dir anstecken. Zum Zeichen der Liebe! Es ist nur eine kleine Geste. Willst du mit mir kämpfen, im Sturm ausharren? Noch ist es keine Bitte, keine Aufforderung, nein! Heute wollen wir über blühende Wiesen laufen, barfuss, Hand in Hand!

Gib mir deine Hand, schwach ist sie. Lass mich dich spüren, dass wir einander verstehen, du und ich, ohne Worte, die jetzt fehl am Platz wären.

Gib mir deine Hand, Feuer fliesst von dir zu mir, durchdringt mich. Etwas Unfassbares kommt herüber, schwächt sich ab, Feuer fliesst von dir zu mir.

Gib mir deine Hand, lange möchte ich sie halten und kann es nicht. Du gehst deinen Weg, ich den meinen. Die Hand, sie bleibt ausgestreckt.

Der Stellenwert einer Kostbarkeit
wird uns erst bewusst,
wenn wir sie nicht mehr haben.

Es gibt Schätze,
die man sehen, erleben
und geniessen kann.
Andere wird man
nur erahnen können.
Und dann gibt es welche,
die man erst viel später
werten kann.

Fussstapfen

Fussstapfen im frisch gefallenen Schnee,
im vom Wind verwehten Sand,
im Erdreich, das nach Frühling riecht.
Auf moosbewachsenem Waldesgrund.

Fussstapfen, wohin man blickt,
wohin man sich wendet,
kleine, grosse, mit und ohne Profil.
Die Abstände verschieden,
abwartend, nebeneinander.

Fussstapfen in unseren Herzen,
tief eingeprägt, verursacht
von unmöglichen Trampeltieren.

Fussstapfen, kaum wahrnehmbar,
von leichtem Fuss gesetzt,
als wäre eine Fee vorausgegangen,
die uns beschwor,
kommt, kommt mir nach,
das Glück ist nicht weit!

Fussstapfen, denen wir folgen,
wohin sie uns auch führen mögen;
in unwegsames Gelände, hinab ins Tal
oder in ein unbekanntes Land.
Weiter, immer weiter, bis sich der Blick
in ihnen verliert.

Fussstapfen suchen wir vergeblich,
drehen wir uns um.
Ihre Konturen sind verwischt,
von der Sonne gebleicht,
von unzähligen Stürmen zugedeckt.
Wen interessieren sie noch?

Fussstapfen, Spuren im Schnee,
im Sand, im Herzen,
gemessen an der Zeit, unserer Zeit,
sind sie alles und nichts!

Ein Körnchen Wehmut im Schuh
lenkt den Schritt oftmals
in eine andere Richtung.

Die Meereswellen-Symphonie

Sonne und Mond,
verschlungene Liebeserklärung der Gezeiten,
im Wellenschlag verbunden, vereint,
was war und werden wird.

Schicksale, rund um den Globus,
dem Winde anvertraut,
von Liebesglück und -leid,
Geschicke, die das Leben schrieb,
treiben übers weite Land, dem grossen Meere zu.

Neptun erkennt der Menschheit
Schwächen allesamt
in des Wassers Turbulenz verkeilter Ironie
der tausend Nöte, der Seufzer, Rufe, Bitten!

Seine Arena bestimmend, unergründlich,
ohne Grenzen, er zur Feder greift,
Erleuchtung ihn zu Notenzeilen zwingt.
In Largo, Crescendo,
Inspiration von rhythmischer Endlosigkeit.

Komponist, auch Dirigent,
das versammelte Orchester bereit,
warten, bis – rotglühend
die Sonnenkugel im Meer versinkt,
schillernde Aura vom Konzertsaal
zum Himmelsdach schwingt.

Sanft spielt die Geige,
streichelndes Geflüster in heller Gischt,
dumpf der Bass,
in gemächlich dahinziehender Harmonie.
Trompetenstösse hüpfen eilends empor,
Kamm über Kamm.

Das Horn, aufpeitschend
magische Fontänen treibt,
der Trommelwirbel greift zum Grund
– unheimliche Gewalt im Wellental
von Ost nach West und Süd nach Nord.

Einsam am Strand
ein Mensch Spuren hinterlässt,
seine Spuren – er lauscht! War da Musik?
Die Wellen tragen sie ihm zu,
leicht wird sein Herz und licht.

Es ist die Ewigkeit, er hat sie gehört,
die Meereswellen-Symphonie.

Geht es einem gut,
schreitet Gott
wie ein lieber Freund
neben einem her.
Andernfalls müssen
wir ihn suchen gehen.

Nach den Sternen greifen,
wie vielversprechend das klingt.
Doch aufgepasst,
diese könnten
sehr kalt sein.

Das
Lachen
eines
Kindes
ist
das
halbe
Himmelreich.

Eine etwas verrückte Vision

Eine Begegnung zweier Menschen
in 10 – 20 – 30 – 100 oder 1000 Jahren?

Zwei Augenpaare, die sich gegenseitig mustern.
Der eine sagt zum anderen: «Kenne ich Sie, mein Herr? So ganz fremd sind Sie mir nicht. Ach ja, Sie sind doch der berühmte Wissenschaftler, das Genie der Gentechnologie. Vieles habe ich von ihnen gehört und gelesen. Längst liegt die Errungenschaft der ‹Reagenzglas-Babys› hinter uns. Übrigens auch eine geniale Erfindung.»
«Aber, was ich sagen wollte: Nun haben Sie vor Jahren den Durchbruch geschafft, Menschen zu klonen. Im Glauben, damit der Medizin einen Dienst erweisen zu können. Recht und gut. Was Sie aber ignoriert haben, ist der Mensch selbst. Dessen Machtgelüste. Unaufhaltsam, keinen Widerspruch duldend, keine Kosten scheuend, alle ethischen Werte missachtend, haben Menschen Ihr Wissen gestohlen. Das einst so gut behütete Geheimnis wurde gelüftet und missbraucht. Zweckentfremdet. Nun werden also Menschen geklont. Serienmässig. Die Auslieferung erfolgt per Fliessband. Nummern von 1 bis 1000: selbstherrlich, egoistisch, egozentrisch. Nummern von 1000 bis 3 Millionen: hünenhaft, rücksichtslos. Nummern von 3 Millionen bis 8 Billionen: arbeitsam, selbstlos. Nummern von 8 Billionen bis … Entschuldigen Sie meine Frage, mein Herr, aber ist Ihnen nicht gut? Sie sind so bleich geworden. Oder sind Sie etwa krank?»
Das Gegenüber schluckt leer. Dann kommt krächzend die Antwort: «Ja, ich bin krank. An Leib und Seele. Unheilbar krank. Seit einiger Zeit vermisse ich meine Identität! Erfolglos. Ich kenne

mich nicht mehr. Bin mir fremd geworden!» ... «Fremd geworden, fremd geworden», hallt es in dem leeren Raum wider.
Die Antwort lässt lange auf sich warten. So lange, wie der Raum leer ist. «Krank! Ja, krank, wie die ganze Welt. Man hat eben nicht nur Sie bestohlen und belogen, dasselbe taten Sie, indem Sie aus dem Weltenbild die Steine entnommen haben. Jetzt ist das Mosaik unvollständig. Die Sonne, der Mond, die Blumen und die Tiere auf dieser Erde sind kaum noch erkennbar. Es herrscht ein Chaos. Und da glauben Sie, ich könnte Ihnen noch helfen? Da müssten wahrlich alle Götter gemeinsam an einen runden Tisch sitzen. Du meine Güte, das wäre wirklich noch nie der Fall gewesen.
Warten Sie. Vielleicht könnte ich Ihnen doch einen guten Rat geben. Gehen Sie die gestohlenen Mosaiksteine wieder suchen. Möglicherweise müssten Sie an den Ort zurückkehren, dorthin, wo Sie sie entwendet haben. Ich könnte mir denken und vorstellen, dass dann auch Ihre Odyssee des Leidens ein Ende hätte. Moment! Beinahe habe ich vergessen, Ihnen zu sagen, dass Sie dort viele Muscheln finden werden. Herrlich schillernde, in allen Grössen und Farben. Sie werden das Meer rauschen, den Wind pfeifen hören, das helle Klingeln leerer Muschelschalen, das sich anhört wie feines Glockengeläute. Und sollte Ihnen das grösste Glück auf Erden zuteil werden, finden Sie eine wunderschöne, glänzende, verschlossene Muschel mit der Inschrift ‹Ich trage in mir der Menschheit Erbe›. Was Sie dann zu tun gedenken, liegt in Ihren Händen, in Ihrem Kopf und vor allen Dingen in Ihrem Herzen!»

Wahrheit ist etwas,
das man von Herzen erstrebt.
Damit umgehen
ist etwas ganz anderes.

Sommerzeit

Rosenblüten in meiner Hand,
frisch vom Tau der letzten Nacht.
Jungfräulich rein, mit Goldhauch übergossen,
zeugen von der Kraft der Sommerglut.
Süsser Duft von Elfen inspiriert mein Sein,
den Geist, die Sehnsucht fliegt!
Zeit der Rosen, Zeit der Liebe,
Zeit der Augenblicke voll des Glücks!
Rosenblüten werden rasch verblühen,
die Erinnerung bleibt zurück.
Rosenblüten möchte ich verschenken,
nimm sie an – sie sind für dich!

Die Mücken

Das Leben hat so seine Tücken,
zwar sind es oftmals kleine Mücken,
die uns plagen, kolossal verdriessen,
lassen die Wirklichkeit verschliessen.
Oft werden Mücken zu Elefanten,
weichen ab vom Altbekannten!
Schade! – Das Leben ist doch kurz genug
und viel zu schön für den Betrug!
Solange Mücken tanzen und nicht stechen,
kein Unheil wird vom Zaune brechen.

Tautropfen

Aus dem Atem der dunklen,
geheimnisvollen Nacht
kommt ihr, Tautropfen, unhörbar, leise.
Setzt euch nieder auf das zarte Heckenröslein,
das, halbgeöffnet und bereit, das Nass zu kosten,
die Fülle des Lebens in sich aufnimmt.
Krönt die Häupter der gelben und blauen Iris,
blühend in den Moorwiesen,
zu Bräuten der Wildnis
mit einem Diadem, gespickt mit Smaragden!
Ihr umhüllt das Zittergras mit winzigen
Diamantsplittern,
tausendfach das Licht zurückwerfend.
Im feinmaschigen Netz der Schilfradspinne
bleibt ihr hängen,
gefangene Juwelen der Vergänglichkeit!
Naturwunder, Kunstwerk, Metapher
oder Illusion?
Die Zeit drängt!
Schon gleiten die ersten Sonnenstrahlen
über das weite Land, besitzergreifend.
Sie verwandeln die Welt in ein einziges
Feuerwerk mit gleissenden Akzenten.
Ade Morgen – reizvoller –,
euch, Tautropfen, wird die Sonne küssen,
aufsaugen in die Unendlichkeit,
in das Blau des Himmels!

Einen Spalt weit
die Türe des Herzens öffnen,
es bestünde die Chance,
dass sich ein Sonnenstrahl
hindurchzwängen könnte.

Die Reise der Reisen

Die Reise einer Ehe drohte zu Ende zu gehen. Mit Höhen und Tiefen nach zweiundzwanzigjähriger Verbundenheit. Nun sollte sie zu Ende sein und das einer Bagatelle wegen. Unglaublich, aber wahr! Unerklärlich auch für Priscilla, Roberts Ehefrau, die den unseligen Verlauf einer scheiternden Ehe nicht aufhalten, dem Zerwürfnis nicht Paroli bieten konnte. Die Bagatelle hiess Computer. Robert hatte es erwischt. Das Computervirus. Oder ein Bazillus, ein Geschwür, das wucherte und alles auffrass; ihr gemeinsames Leben, die Zeit, die sie einst miteinander verbracht hatten. Nichts gegen den Computer, Priscilla benutzte ihn ebenso. Nur sollte Robert wissen, wo die Grenzen liegen. Das tat er eben nicht. Tage-, nächtelang, jede freie Minute suchte und surfte er fieberhaft um die ganze Welt. Keine Theater- und Konzertbesuche mehr, keine Wanderungen zu zweit, egal, ob seine Ehefrau die Speisen vorsätzlich versalzen hatte oder umgekehrt diese nicht würzte, nichts konnte Robert bewegen, sich für irgendetwas zu interessieren, Stellung zu nehmen. An der übrigen Welt, Priscillas Welt, wollte er nicht teilhaben. Illusorisch also, ein normales Verhältnis zu dem Computer aufzubauen. Demzufolge war dasjenige ihrer Liebe bereits eingeschlafen. Priscilla schien es, als würde sie ein Betonklotz langsam erdrücken.

Eines Morgens packte sie ihren Koffer und hinterliess eine Notiz mit dem Wortlaut: «Da du mich kaum vermissen wirst, werde ich für einige Zeit verreisen. Sorge dich nicht um mich. Gruss, Priscilla.»

Das lag nun vier Tage zurück. Priscilla stapfte über den vom Regen aufgeweichten Feldweg, hoch über dem Bergtal, dem kleinen Dorf entgegen, wo sie in einer Pension logierte. Einem zufällig ausgewählten Zufluchtsort. Seit zwei Tagen regnete es. Ununterbrochen, gleichmässig, wie die Tropfen, die von ihrem breitrandigen Plastikhut auf den Annorak perlten. Grau der Himmel, grau ihre Gemütsverfassung, verstärkt durch aufkommende Schuldgefühle, Gewissensbisse, die das Ihrige dazu beitrugen: Sie hätte mehr Geduld aufbringen, mehr Interesse zeigen sollen, jetzt war es zu spät. Ja, sie war buchstäblich vor ihrem Mann geflohen. «Was bin ich eine Idiotin», murmelte sie vor sich hin, «stolpere durch regenverhangene Landschaften und schnappe nach Luft, frischer Luft. Das kommt einer Verrückten gleich.» Für einen Moment achtete Priscilla nicht auf den Weg. Platsch! Sie war in eine riesige Wasserlache getreten. Zu dumm! Ausgerechnet jetzt! Denn was noch einigermassen trocken gewesen war, fühlte sich nun klatschnass an. Die Wandersocken. Sie musste sie auswringen, eine nach der anderen. Ein Balanceakt eines Akrobaten. Sie war so sehr mit sich beschäftigt, dass sie die Gestalt, die um die Felsnase bog, nicht bemerkte. Erst als sie von ihrer gebückten Haltung aus zwei schwarze Hosenbeine gewahrte, erschrak sie zutiefst: «Uff, haben Sie mich erschreckt, ich habe Sie nicht bemerkt.» Verunsichert, wen sie vor sich hatte, verharrte sie irritiert in der gleichen Stellung, die eine Socke in der Hand.

«Aber ich Sie», vernahm sie eine warme, wohlklingende Stimme. «Entschuldigung, dass ich Sie erschreckt habe, doch wie ich sehe, haben Sie Schwierigkeiten mit dem Gleichgewicht. Gestatten Sie mir, dass ich Sie halte, bis Sie die Socken und Schuhe wieder angezogen haben.» «Gerne», erwiderte Priscilla etwas steif und unsicher. «Und wenn wir den gleichen Heimweg haben sollten, schlage ich vor, Sie zu begleiten. Wäre das eine Idee?» Priscilla konnte dieses Angebot schlichtweg nicht ablehnen, so kam sie auf andere Gedanken. Gemeinsam machten sie sich auf den Weg, «Wirklich ein mieses Wetter», nahm ihr Begleiter den Faden wieder auf, «und trotzdem, ob Sonnenschein oder Regen, in Gottes schöner Welt fühle ich mich geborgen: Sie gibt mir Kraft und Zuversicht, die ich an den Sonntagen meiner Gemeinde weitergeben kann.» «Dann sind Sie Pfarrer!», platzte Priscilla heraus. O Gott, ein Pfarrer hatte ihr gerade noch gefehlt. Er lächelte: «Ja, das bin ich. Und was führt Sie zu uns, in das verwunschene Bergtal?» Sollte sich Priscilla offenbaren? Irgendwie hatte sie Vertrauen gefasst, und langsam und dann immer schneller werdend, erzählte sie, was sie bedrückte. Die Minuten glitten im regennassen, triefenden Mittag vorbei.

Das Dorf kam in Sicht, als Priscilla mit einem Seufzer geendet hatte. «Jetzt wissen Sie alles.» Nach einem kurzen Schweigen und einem aufmunternden Blick äusserte sich ihr Weggefährte. «Ihre Sorge kann ich durchaus verstehen. Doch keine Panik. Ihr Mann wird Sie über kurz oder lang vermissen. Glauben Sie mir, Sie werden gemeinsam eine Lösung finden, noch ist nichts verloren. Ich rate Ihnen, Ihrem Mann zu schreiben, dass es Ihnen gutgeht, und vielleicht überbringen Sie ihm einen Gruss von mir. Abgemacht?» Priscilla nickte leicht. Sie überquerten die gebogene Brücke, die sie zu den ersten Häusern führte, und verabschiedeten sich.

Tags darauf änderte sich das Wetter. Anstelle eines bleiernen, nebelgrauen Himmels schien frühmorgens schon die Sonne und tauchte die Berggipfel in glänzendes Licht. Bald erreichten die Strahlen das im Tal eingebettete Dorf. Priscilla schnürte ihre Wanderschuhe, die nun, nach einer Föhnkur am Abend zuvor, wieder trocken waren. Wie schön es jetzt ist, dachte sie, einfach wunderbar. Wäre nur Robert hier, er müsste es genau so empfinden. Sie schluckte leer. Sie hatte ihm eine SMS geschickt, dem Ratschlag des Pfarrers entsprechend.

Und jetzt wollte sie los, den Tag geniessen. Morgen würde sie in die Kirche gehen. Tatsächlich musste sie sich eingestehen, dass der letzte Kirchgang schon Ewigkeiten zurücklag.

Zwischen den Einheimischen, die sie herzlich begrüsst hatten, sass Priscilla anderntags in der kleinen Dorfkirche. Es schien ihr, Pfarrer Baumgartner zwinkere leicht, als er sie sah. War es Begrüssung, war es Anerkennung, dass sie hier war? Egal. Eine wohltuende Ruhe überkam sie. Sie lauschte der Predigt, Lukas- Evangelium, Kapitel 4, Verse 30–40. Jesus heilte Kranke, Aussätzige, Besessene. Er vollbrachte Wunder. Pfarrer Baumgartner verstand es, den Text in die heutige Zeit zu transferieren, aufzuzeigen, dass es immer noch Wunder gebe. Kleine, grosse, die wir nicht bemerkten, oder dann erst viel später. Wunder! Wir sollten sie annehmen, unsere Herzen öffnen. Wie einfühlsam der Pfarrer sprach. Schöne, gutgemeinte Worte, auf Hoffnung basierend, die ihre Situation kaum zu verändern vermochten.

Orgelklänge erfüllten den Raum, als Priscilla dem Ausgang zustrebte. Plötzlich weiteten sich ihre Augen. Dort stand Robert. Sie träumte nicht. Er gab Pfarrer Baumgartner die Hand. Robert! Einem Blitz gleich schoss es ihr durch den Kopf. Ein Wunder!

Hatte das der Pfarrer arrangiert, hatte er darum diese Predigt gewählt? Wie auch immer, Robert stand vor ihr. «Du?», war alles, was sie herausbrachte. «ln Fleisch und Blut, wie du siehst! Weisst du, der Name Baumgartner ist ein Glarner Geschlecht, daher war es ein Leichtes, den Pfarrer ausfindig zu machen und damit auch dich.» «Mit dem Computer», hauchte Priscilla kaum hörbar. «Genau, mit diesem Unding, wie du ihn manchmal nennst, aber keine Angst, ich bin geheilt. Übrigens habe ich für eine Woche Ferien genommen. Ich dachte mir, es würde mir sehr gut tun. In einer kleinen Pension hier habe ich ein Zimmer gebucht. Nebenbei hat mir die Besitzerin der Pension anvertraut, eine entzückende und gleichwohl energische Dame sei ebenfalls abgestiegen. Müsste dem Namen nach die Ehefrau sein. – Was machen wir denn da? Ich glaube, ich werde eben diese meine Ehefrau bitten, mir zu verzeihn. Vielleicht ergäbe sich dann die Möglichkeit, dass ich zu ihr oder sie zu mir ziehen könnte. Wie wäre das?» Noch immer vollkommen überrascht und unendlich glücklich nickte Priscilla leicht. Robert schob seinen Arm unter den ihren und zog sie Richtung Dorf. «Komm, wir sind zum Mittagessen eingeladen», sagte er beiläufig. «Wirklich? Und bei wem?», fragte Priscilla neugierig. Robert hielt an, schaute seiner Gattin tief in die braunen Augen und betonte jedes Wort: «Wenn du nichts einzuwenden hast, bei Pfarrers; ja, jedes Wunder hat seine Reise, die dann beginnt, wenn sie zu Ende ist.»

Glückseligkeit

Ein Quentchen Goldstaub
im Abendrot erglühn
seh ich auf deinen Flügeln,
kleiner, weisser Schmetterling.
Du sitzest auf dunklem Blatt,
in des Sommerflieders Flor.
Feinstes Pergament zeigt
in filigranen Linien
deinen Schönheitssinn.

Kleiner, weisser Schmetterling!

Meine Erdenzeit zerrinnt
zwischen meinen Fingern.
Du kennst sie nicht, die Zeit,
leicht schwebst du davon,
Augenblicke der Glückseligkeit.
Nimm mich mit auf deine Reise,
und sollte es die letzte sein.

Blutroter Mohn

Für den Eiligen,
am Wegrand inmitten der Gräser,
seid ihr unübersehbare Farbtupfer.
Im Ährenfeld wiegt ihr euch mit den Rispen
leicht hin und her, im goldnen Meer.
Des Wandrers Auge staunt, ihr nickt ihm zu,
seid Freund und Feind zugleich.
Den Göttern habt ihr's angetan,
mit eurem Zaubertrank,
Verführerin, Ambrosia.
Und seid zerbrechlich, unendlich zart
im Sein und im Vergehen.
So trägt ihr denn der Liebe Stern
in eurer Seelenmitte
– Mahnmal –, bevor ihr fällt
auf die dunkle Erde!

Die Nachtkerze

Im Schatten geboren und gekeimt,
in des Tages Helligkeit gewachsen,
im Dunkeln der Nacht erblüht,
zur hellen Flamme erkoren.
Wunderblume!
Stolz stehst du da, verletzlich.
Begegnest du ihr, Mensch, brich sie nicht!
Sie trägt ein heimlich Licht.

Ein kleines Lächeln vom Du zum Du,
wie würde sich doch die Welt verändern.

Schlafen

Schlafen, wegtauchen in die Schwerelosigkeit,
entfliehen den Sorgen.
Ein Lächeln huscht über eines Kindes Schlaf.
Das Zucken eines Mundwinkels verbirgt Rätsel.
Schlafen! Es tönt gut.
Es zieht uns an den Ort, dorthin,
wo unser Leben begann,
möglicherweise auch enden wird.
Ein Ort der Ruhe, des Entspannens,
des Schöpfens neuer Kräfte.
Ein Ort auch, um einem kranken Körper
zur Genesung zu verhelfen.
Schlafen! Viele Menschen ängstigen sich,
nicht schlafen zu können.
Andere wiederum wollen die Nacht
zum Tage machen,
unverzeihbare Ideologie.
Schlaf, Jungbrunnen,
Erneuerung von Seele und Geist,
hülle uns ein, trage uns fort
in den sternenübersäten Himmel.

Erwachen

Erwachen, immer wieder neu erwachen!
Um klarer zu sehen, zu hören, zu fühlen
und zu begreifen,
was sich alles auf dieser Welt bewegt
oder nicht bewegt.
Erwachen aus einer Lethargie,
um voller Elan neue Ziele zu setzen
und alte Werte zu schützen.
Erwachen aus einem Traum,
in dem uns vorgegaukelt wird,
dass wir halbe Götter seien
und Dinge täten,
denen wir nicht gewachsen sind.
Erwachen in der Erkenntnis,
dass Geld und Macht nicht das allein
selig machende Glück bedeuten kann.
Erwachen in Dankbarkeit im Wissen darum,
Gast auf diesem Planeten Erde zu sein, Sorge,
Verantwortung zu tragen für ihn, für uns selbst.
Erwachen letztlich
in der unendlich grossen Hoffnung der Liebe,
dass das Feuer in unseren Herzen
niemals erlöschen möge!

Der Traum

Trägt er den Schlüssel
in der Hand,
zu öffnen die Tür
in unbekanntes Land?
Zu sehen, zu fühlen,
was uns bewegt?
Im Vergangenen geschah?
Die Zukunft hat gelegt?
Lass hineingehen und hinaus
vorauseilend unseren Blick.
Führe gnädig uns
zum tiefen Schlaf zurück.

Der Gaukler

Auf der langen Strasse, die direkt in den azurblauen Himmel führte, begegnete ich ihm, dem Gaukler. Die Arme, weit ausgebreitet und mit Federn bestückt, glichen den Schwingen eines Adlers. So stand er vor mir, nur einige Schritte entfernt. Leicht bewegten sich die Arme, als wolle er im nächsten Augenblick im Gleitflug über zahllose Berggipfel schweben. Jede seiner Bewegungen war vollendet, harmonisch miteinander verbunden. Unfassbares Erahnen, immenses Erstaunen überkam mich. Wie sehr hatte ich mir eine Begegnung mit einem Gaukler herbeigesehnt. Versteht sich, mit einem echten. Erdgebundene gibt es wohl zur Genüge. Als Zauberer, in Variétés, Zirkusvorstellungen, man trifft sie im Alltag, in allen Bereichen und Lebenslagen, in Chefetagen, in der Politik. Gaukler, ob positiv oder negativ gesinnt, verfügen über eine ausgeklügelte Raffinesse. Und sollten sie, unter Vorspiegelung falscher Tatsachen, die Realität verkennen, ein Chaos wäre nicht auszuschliessen.
Der Gaukler vor mir war anders. Keine Spur von Gemeinheit war auszumachen, keiner Sinnestäuschung, keiner Halluzination war ich erlegen. Dies bewog mich, in sein Gesicht zu blicken. Weder gewahrte ich darin eine Lüge noch den Anflug niederträchtigen Tuns. Ohne Scheu sah ich in seine Augen, die mir eine rätselhafte, geheimnisumwobene Geschichte einer Welt offenbarte, in der die Menschen keinen Platz finden. Seine Aura zog mich in ihren Bann. Getrieben war ich von einer Neugierde, die verwirrend und wohltuend fesselte. Einer Eingebung folgend, wollte ich ihm zunicken. Doch mein Hals fühlte sich starr an.
Der Gaukler hielt in der einen Hand eine goldene Kugel. Bedächtig und konzentriert warf er sie in die Luft, um sie mit der

anderen Hand wieder aufzufangen. Das ging eine Weile, hin und her im gleichen Takt. Seine Bewegungen wurden schneller und schneller. Gespannt schaute ich diesem Spiel zu. Impulsiv wollte ich Beifall klatschen, merkte aber, dass meine Arme gelähmt waren. So sehr ich mich anstrengte, sie liessen sich nicht bewegen. Der Gaukler hielt inne, kam einen Schritt auf mich zu und fragte: «Willst du sie haben, die Kugel? Ich schenke sie dir!» Fasziniert musterte ich sie und bemerkte, dass sie dem Erdball glich. Irreal einerseits, authentisch andererseits. Und doch ein Globus, wie man ihn überall und in allen Grössen kaufen kann. Nur war dieser aus Gold. Die Meere stachen wie ziseliertes Gewebe aus der übrigen Gravierung heraus. Die Ländereien waren in hellere und dunklere Schattierungen gegliedert. Grossartig, dachte ich, das Kunstwerk eines Genies. Der Gaukler lächelte. «Willst du sie haben, die Kugel?» Wenn ich sie noch so gewollt hätte, mit keinem Laut, keiner Bewegung war ich imstande, dies zu bekunden. Zudem war ich mir dessen bewusst, dass ich die Kugel weder halten noch besitzen könnte. Sie war wahrscheinlich viel zu heiss und zu schwer. Das Gold blendete meine Augen, tanzte wie tausend Lichter über mein Haar, liess mich vergessen, dass ich mich auf der Strasse befand, die in den Himmel führte.
Es schien mir, über den anfänglich heiteren Gesichtsausdruck des Gauklers lege sich ein Schatten, der immer dunkler wurde. Zusehends begann ich zu frösteln. Wünschte mir, niemals dem Gaukler begegnet zu sein. Was war geschehen? Das helle Gold der Kugel wurde dunkler, verfärbte sich zu Hellrot – Blutrot und weiter zu Purpur. Irritiert und verunsichert musste ich diese

Entwicklung mitansehen. Entsetzen überkam mich, als aus der Kugel Blut rann. Ich wollte weg, sofort weg von diesem unheilvollen Ort. Doch wie schon vorher war ich all meiner Kräfte beraubt. Ich konnte mich nicht bewegen. Ein Rinnsal Blut zog seinen Weg zu meinen Füssen. Ich begann zu schreien. Nein, nein! Der Gaukler schaute mich konsterniert und traurig an, drehte sich um und ging, nein flog, die Kugel in beiden Händen haltend, den Weg zurück, auf dem er gekommen war.
Schweissgebadet lag ich im Bett. Mein eigener Schrei hatte mich geweckt. Der Traum war zu Ende und trotzdem allgegenwärtig. Es dauerte eine ganze Weile, bis ich mich beruhigt hatte. Einmal mehr wurde mir bewusst: Die Philosophie des Lebens gründet in der Balance des Nehmens und Gebens. Der Gaukler, Meister in Kunst und Wissenschaft, mit dem Körper eines Menschen und doch vogelähnlich, wurde zur Himmelsgestalt. Mein Wunsch war in Erfüllung gegangen.
Langsam stand ich auf, ging zum Fenster und schob den Vorhang zur Seite. Ein milchiger Vollmond erhellte die Umgebung. Frieden weit und breit. Silbern leuchtete der Tau auf den noch schlafenden Blumen. Ich zog mir meinen Morgenrock über, zudem eine wärmende Wollschärpe, und unternahm einen frühmorgendlichen Ausflug in den Garten. Es mochte um 5 Uhr sein. Meine Schere, in Griffnähe bei der Haustüre bereit, nahm ich mit und ging zum Rosenbeet. Ja, ich wusste, wie schön sie tagsüber waren, die Rosen, wenn die Sonnenstrahlen über sie hinwegglitten. Einmalig waren sie alle, die Meilland Rosen. Jede für sich ein Kunstwerk, ein Meisterwerk der Natur. Die hellrote Superstar, die samtrote Josephine Baker, die Chicago Peace. Ich

schnitt drei der dunkelroten Rosen ab, legte sie, einem Ritual gleich, mitten auf die Rasenfläche und flüsterte leise: «Gaukler, die sind für dich!» Meine Augen wanderten gen Osten, wo sich ein heller Streifen vom Nachthimmel abhob. Ein neuer Tag begann.

Atem, der du bist

Sekunden des bangen Wartens,
Minuten in sprudelnder Lust,
Stunden im Staunen verloren!
Tage, versäumt in Schweigen,
Nächte, die langsam vergehn.
Wochen, verträumt in Rosa und Blau,
Jahre, die Verborgenes sehn. –

Du –

Atem, der du bist in meinem Leben,
vergeben in dem deinen neben mir,
Seele, die gefangen ist und bleibt
im Leib der Liebe ewiglich!

Liebe, wo bist du?

Liebe, wo bist du?
Die Antwort zieht dort im Wind,
treibt Wolkenbänke vor sich her,
aufbäumend, lieblich, sanft.
Die Antwort zerstiebt und stirbt
im Sonnenglanz, im Mondenschein,
wenn Helligkeit die Dunkelheit verschlingt.

Der Traum streckt meine Hand begehrend
dorthin, wo die Antwort ruht.
Ein Stern fällt auf meine schweren Lider,
küsst sie und meine Not – und bleibt.

Der Perlmuttknopf

Der unverkennbare süssliche Geruch geschälter Mandarinen zog durch das Abteil. Er übertraf bei weitem die sonst üblichen undefinierbaren Duftnoten vollbesetzter Züge. Andreas blickte kurz auf, zum Fenster hinaus. Eine neblig graue Landschaft flog vorbei, unter einem wächsernen Novemberhimmel. Andreas beugte sich über seine Akten. In knapp vier Stunden würde er sein Projekt einem Gremium vorlegen, und er musste sich eingestehen, er hatte ein gutes Gefühl dabei.

Olten. Eine Menge Leute auf dem Bahnsteig. Im Abteil selbst Aufbruchstimmung. Plötzlich hatten es die Fahrgäste eilig auszusteigen. Die Waggons schienen die Reisenden förmlich auszuspucken, um andere ebenso schnell wieder hineinzuziehen. «Ein ameisenhaftes Gebaren», dachte Andreas. Wie immer!

Den Sitzplatz gegenüber nahm eine junge Frau ein. Sie mochte um die dreissig Jahre alt sein. Nicht auffallend hübsch, aber irgendwie anziehend. Was Andreas sofort in die Augen stach, waren schillernde Glasknöpfe, die ihre Jacke zierten und zusammenhielten. An einer Stelle spannte das Trikot, was die gute Figur noch unterstrich. Andreas wunderte sich über sich selbst.

Biel. Der See kam in Sicht. Einige Enten schwammen gestikulierend von einer Boje weg. Seen! Sie hatten es ihm seit frühester Kindheit angetan. Damals, als er mit seinem Vater auf dem Sihlsee einen schweren Zander herauszog; diesen Augenblick konnte er nicht vergessen.

Gedankenversunken verstaute er die Dokumente in seinem Aktenkoffer. «Schön, nicht wahr?», bemerkte die junge Frau, als hätte sie ihre Gedanken mit denen von Andreas geteilt. «Ja, ich liebe Seen über alles. Die wechselnden Stimmungsbilder, die

glänzenden, schillernden Wasserkrönchen im Sonnenuntergang … Übrigens, die Glasperlen auf Ihrer Jacke erinnern stark daran.» Sein Gegenüber lächelte. «Da muss ich Sie enttäuschen. Die Knöpfe sind aus Perlmutt. Von meiner Grossmutter geerbt. Ich habe sie anstelle der gekauften angenäht. Erinnerungen an die Grossmutter sozusagen … ich habe sie sehr geliebt. Sie war eine schillernde Persönlichkeit! Sie verstehen.» – «Durchaus, und sehr interessant. Erzählen Sie mir doch mehr von Ihrer Grossmutter.»
Und schon waren die beiden in ein munteres Gespräch vertieft, Judith, wie die junge Frau hiess, und Andreas, der ihr fasziniert zuhörte.
Neuenburg. Sie tauschten ihre Handynummer aus, sollte Andreas heute noch Grund zum Feiern haben und Judith Zeit und Lust.
Um zehn vor sieben konnte Andreas aufatmen. Sein Projekt hatte den Zuschlag erhalten. Er tätigte einige Telefonate, unter anderen eines mit seiner Frau Brigitte. Er entsann sich der Abmachung mit Judith. Ja, sie komme gerne, seien doch die Kursteilnehmer des griechischen Volkstanzkurses am Abend anderweitig verabredet.
Mit einem Glas Dôle blanche stiessen Andreas und Judith fürs erste auf den gelungenen Abschluss an, mit einem Pinot noir auf ihre Bekanntschaft. Das Essen wie der Wein mundeten vorzüglich, alles passte zusammen. Andreas hatte sich schon lange nicht mehr so frei und losgelöst gefühlt.
Sie waren die letzten Gäste, die das Lokal verliessen. Etwas steif vom Sitzen traten sie in die nebelgeschwängerte Nacht hinaus.

War es dieser Umstand, diese kalte Feuchtigkeit oder eben die Unbeschwertheit des Abends – Judith liess ihren Arm unter den von Andreas gleiten, als wäre dies eine Selbstverständlichkeit, so, wie es Ehepaare praktizieren. Eine Geste der Harmonie! Schweigend gingen sie die kurze Strecke zum Hotel, wo Judith logierte. Andreas konnte die richtigen Worte zum Abschied nicht finden. Er fühlte durch den Mantel ihre Wärme, ihre Blicke kreuzten sich für nur eine Sekunde, lange genug um zu wissen, wie sehr sie einander sympathisch fanden, vielleicht auch mehr. Judith brach das Schweigen: «Kommst du noch kurz für einen Drink ins Hotel?» – «Ja, warum eigentlich nicht?» Ohne lange überlegen zu müssen, bejahte er. Sein Gewissen blieb stumm. Aus einem Drink wurden zwei, aus kurz lang. Die Nacht gehörte ihnen. Ein unsichtbares Fluidum zwischen Tag und Traum zog die beiden in ihren Bann, um sie, gefangen in einer Märchenwelt berauschender Sinnlichkeit, Zeit und Raum vergessen zu lassen.

Vom steten Geräusch der ersten Autos geweckt, rieb sich Andreas schlaftrunken die Augen. Natürlich. Er war nicht in seinem Hotel. Judith lag neben ihm auf dem Bett, noch schlafend, ein Lächeln auf dem Gesicht, die rotblonden Haare wirr darum herum verteilt. «Wie schön sie ist», dachte er, und ein Schmerz brannte in seiner Brust. So, als hätte er mit voller Puste eine schillernde Seifenblase in die Luft gezaubert, gejubelt wie ein Kind, um sie nachher zerplatzen zu sehen. Er ahnte, wusste sogar, dass er diese Nacht niemals vergessen konnte. Ganz sachte strich er über Judiths Gesicht, ihre Haare und küsste die Hand, die unter der Decke hervorlugte. Aus seinem Notizblock

riss er eine Seite heraus, schrieb und legte den Zettel auf den Frisiertisch: «Judith, kleine Liebesgöttin, du hast mich glücklich gemacht, du bist die zauberhafteste Frau dieser Welt. Einmalig wie Perlmutt, das in allen Nuancen schillert und tausend Geheimnisse in sich trägt. Unser Zusammensein – es waren Sternstunden für mich. Doch ich werde heute nach Hause fahren, meine Frau Brigitte erwartet mich. Es fällt mir schwer – du weisst es! Hab Dank für alles! – Andreas».
Einige Tage vor Weihnachten entnahm Andreas' Frau Brigitte dem Briefkasten ein unförmiges Couvert, adressiert an ihren Mann. Gespannt und schon etwas neugierig schaute sie zu, wie Andreas den Brief öffnete. Ein Zettelchen flog zu Boden, darauf stand mit Blockschrift geschrieben: «Leider sind die Perlmuttknöpfe (siehe Muster) vergriffen. Mit bestem Dank, Judith Baumann». Andreas nahm den Knopf aus dem Couvert – Judith! Sein Herzschlag drohte für einen Moment auszusetzen! Judith! Erinnerungen, die in Sekundenschnelle vorbeiflogen. Eine Erklärung für Brigitte? Der Moment zog sich unendlich in die Länge. Nein, er konnte sich nicht Brigitte offenbaren, ihr erzählen, was er empfunden hatte, dass es für ihn ein Geschenk gewesen war und kein Abenteuer. Sie würde es nicht verstehen können und wollen. Hinzu kam der Umstand, dass sie sich eben von einer Lungenentzündung erholt hatte, das wäre jetzt zu viel für sie. Also nein!
Mit einem Unterton in der Stimme versuchte Andreas seiner Frau zu erklären: «Weisst du, auf der Fahrt von Zürich nach Neuenburg verkaufte eine Dame Knöpfe. Dieser hier aus Perlmutt hat mir gefallen, und ich habe welche bestellt. Schade,

dass sie vergriffen sind.» «Wirklich schade», erwiderte Brigitte. Andreas nahm das Couvert und legte es samt Inhalt auf den Stapel Altpapier. Er brauchte dazu seine ganze Überwindungskraft, kam sich vor wie Judas, der Verräter. Ein Lügner. Erbärmlich fühlte er sich! Um sich dies nicht anmerken zu lassen, wandte er sich ab.

Ein Schatten glitt über Brigittes Gesicht. Andreas bemerkte weder ihre grossen, traurigen Augen noch die Falte auf der Stirne, dieselbe wie in früheren Jahren, als ihr ihre Kinder Unwahrheiten glaubhaft machen wollten.

Vier Jahre später feierte das Ehepaar Brigitte und Andreas die silberne Hochzeit. Andreas lud seine Frau zu einem Nachtessen ein, nur für sie zwei, in ein nobles Speiserestaurant. Beim Kaffee überreichte Andreas seiner Gemahlin ein Schmucketui. Entzückt entnahm sie diesem einen Perlenring, den sie sich schon lange gewünscht hatte. «Oh, wie wunderbar! Wie schön! Vielen Dank!» – Als hätte das Licht an Intensität verloren, als würde ein Schatten über sie kommen, folgte eine eigenartige Pause. Brigittes Gesicht nahm einen unergründlichen Ausdruck an, der an das Bildnis von Mona Lisa erinnerte. Ein lebendig gewordenes Bildnis, voller Glück und Trauer, unnahbar und rätselhaft, mit dem Schatten verborgener Fragen, die niemals nach Antworten suchten. Brigitte übergab ihrem Ehegatten ebenfalls eine kleine Schatulle. Andreas öffnete sie langsam. Auf rotem Samt lag ein Perlmuttknopf. Schlicht und einfach, ein Perlmuttknopf. Daneben auf dem kleinen Zettelchen die Worte «Liebe im Schatten der Ehrlichkeit – ich liebe dich – Brigitte».

Verstehen wollen
ist das eine,
verstehen können
das andere.
Und dauert
etwas länger.

Scherben

Das Glück ist zerbrochen
an einem einzigen Tag.
Unzählige Scherben
liegen vor mir.

In ihren Vertiefungen
sammeln sich die Tränen.
Sonnenstrahlen spiegeln sich.
Das Leben nimmt seinen Gang.

Wenn eine Frage offen bleibt,
in Angst sich nährt,
die Hoffnung bricht,
ist es Zeit,
das Fenster zu schliessen.

Immer

Noch immer dein Duft,
dein Lachen im Raum,

noch immer die Wärme in mir,
Liebkosung von dir,

noch immer im Nachklang
Worte, voller Sinn und Unsinn,

noch immer ziehen Ströme,
der Erinnerung vorbei.

Noch immer durchdringt der Liebe Glut
Gegenwart und Vergangenheit.

Immer wird es die Zukunft sein,
in der ich dir entgegeneil.

Spuren

Pastellfarben am Himmel,
mit Pinselstrichen gezogen,
eines grossen Künstlers Meisterwerk.
Ein Aquarell!
Augenblicke der staunenden Betrachtung.

–

In den Dünen verliebt, vermählt,
hat sie der Wind davongetragen,
die Umarmungen!
Verweht im Sand die Liebe, die Erinnerung.

–

Gleise, parallel im ewigen Schnee,
führen zum weiten Horizont.
Die Hoffnung
trägt Flügel, eilt, zu vereinen.

–

Züngelnde Lohe, die die Geister rief,
verbrennt das Glück dionysischen Tanzes
zu Asche!
Erblühen werden zartgelbe Primeln.

–

Die Zeit deckt zu und gibt sie frei
– die Vergangenheit!
Offenbart, was war, geschah – im Jetzt,
in Spuren!
Chance, Sinn und Neubeginn?

Zauberblüten

Galoppierende Gedanken
jagen über Wüstensand,
einer Fata Morgana entgegen,
fern und völlig unbekannt.

Drängendes, pulsierendes
Herz, zu gross, zu klein,
um Sekunden zu schinden,
im Glück wie in Pein.

Wind, gefangen im Netz,
flüsternde Wünsche trägt.
Heimliche Märchenwelt
lockt, keiner frägt.

Traumschlösser spriessen,
wie Trugbilder gereiht.
Ist es die Sehnsucht,
die Zauberblüten treibt?

Angi

Mit einem rosa Satinband waren sie zusammengebunden, die Schneeglöcklein. Die ersten Frühlingsboten. Sie mussten aus Ediths Garten stammen. Nun lagen sie halb auf Angelas dunklem Haar, halb auf dem weissen Kissen neben dem wie aus Alabaster gemeisselten, ebenso weissen Gesicht Angelas. Die langen, schwarzen Wimpern dominierten, wie beim Dornröschen, als würde die junge Frau schlafen. Der Schein trog. Die Augen würden für immer geschlossen bleiben. Kein Prinz würde sie je wieder öffnen können.
Martin schaute durch sie hindurch, regungslos. Wie in einem Film, der doppelt so schnell abgespielt wurde, sah er Bilder vorbeiziehen. Angela, auf den Klippen stehend, hoch über dem Atlantik, mit zerzaustem Haar, im Hintergrund der gelbe Ginster. Bilder vom letzten Winterurlaub, Angela dick eingemummelt, daneben ein Schlitten, der sie bald in rasanter Fahrt ins Tal hinunter bringen sollte, Bilder, die immer schneller wechselten, nur noch Bruchstücke zeigten. Und dann wurde der Film ausgeblendet, ausgeschaltet. Ein schwarzes Loch starrte ihm entgegen. Die Zeit war dort stehen geblieben, einfach stehen geblieben; an diesem für die meisten Leute herrlichen, für Martin verhängnisvollen Märztag.
Angela war, wie sie das jeden Mittwoch tat, mit ihrem Mini zu ihrer Schwester Edith gefahren, um mit ihr den Kirchenchor zu besuchen. Und das so um sieben Uhr. Dort angekommen war sie aber nicht. Nach der intensiven Sonnenbestrahlung war geschmolzenes Schneewasser auf die Fahrbahn geraten, das gegen Abend anfror, was einer Schlittschuhbahn gleichkam. Wahrscheinlich hatte Angela diesem Umstand Rechnung getra-

gen, nicht aber der Chauffeur eines Lastenzuges, der dies zu spät realisierte und auf die Gegenfahrbahn geriet. Das schwere Gefährt begrub den Mini buchstäblich unter sich. Für Angela gab es keine Rettung.
Nun starrte Martin in das Gesicht seiner Frau. Fassungslos. Es war ihm, als würde ihn alle Kraft verlassen. Schlimmer noch, allmählich legte sich ein eiserner Panzer um sein Herz.
Die Abdankung, an einem wunderbaren Frühlingstag, die Vögel in den Bäumen erfüllten mit ihrem Gesang die Luft, glitt an Martin vorüber. Er lief neben seinem eigenen Ich her, egal, was geschah. Jegliches Zeitgefühl hatte ihn verlassen. So, wie alles, alles ihn verlassen hatte. Seine geliebte Frau.
Es wurde für Martin eine schwere Zeit. Sein Chef hatte ihm Urlaub gegeben. Neben den traurigen Aufgaben, die ein Todesfall mit sich bringt, fühlte er, wie sich sein Zustand verschlechterte. Er nahm Medikamente, um zu schlafen, die nur teilweise wirkten, und am Morgen solche, die ihn aufputschten. Ein Teufelskreis! Er schlug Einladungen aus, für gutgemeinte Ratschläge hatte er ein müdes Lächeln übrig. Das Leben war ihm zur Hölle geworden. Er fühlte sich krank, todkrank. Der Trieb, seiner Frau zu folgen, nahm gigantische Formen an.
Nach einer erneuten durchwachten Nacht fasste er den Entschluss. Er war ein miserabler Schwimmer. Wenn er von der grossen Brücke in den reissenden Fluss, ins kalte Wasser springen würde, abstürzen wie ein Vogel, dessen Flügel gebrochen waren ... er würde zu Angela zurückkehren, er würde ... und das Glockengeläute würde das Tosen der Wassermassen übertönen. Eine riesige, heisse Welle durchfuhr ihn, sein Puls ging

schnell. Ja, schnell musste auch er handeln. Es gab nichts mehr zu überlegen, zu schreiben, zu beten.
Den Weg kannte er von früher. Er führte zu der grossen Brücke. Es war noch beinahe Nacht, unlustig, niemandem kam es in den Sinn, jetzt spazieren zu gehen. Plötzlich versperrte ein Drahtzaun den Weg, das heisst, er führte an demselben rechts hinauf. Sollte er weitergehen oder umkehren und weiter oben den parallel führenden Weg nehmen? Er entschied sich für die zweite Variante. Seine Schritte wurden immer schneller, er begann zu laufen. Angi, ich komme, ich komme, jubelte es in seinem Herzen. Bei der Weggabelung hielt er einen Moment inne. Einige Bäume säumten den Weg, noch hatten sie kein Laub. Sie erinnerten ihn an einen Friedhof. Ihn schauderte. Als er weitergehen wollte, hörte er im Gestrüpp einen Laut. Instinktiv machte er einen Schritt in diese Richtung. Wieder, ein erbärmliches Wimmern. Martin bückte sich und sah ein kleines Büschel feinsten Flaum zwischen zwei Ästen liegen. Vorne ein winziges Gesichtchen mit einer noch winzigeren Nase. Eine Katze, sie mochte erst einige Wochen alt sein. Zu dumm. Zorn stieg in ihm auf. «Du blöde Katze!», schrie er sie an. «Warum musst du ausgerechnet jetzt hier liegen? Du wirst sterben wie ich, das Leben ist ungerecht. Hörst du, ungerecht! Wahrscheinlich hat dich jemand ausgesetzt, wollte nicht, dass du lebst!» «Miau!», kam es erneut vom nassen Waldboden. Das Kätzchen versuchte, auf die Beine zu kommen, kippte aber sofort wieder um. Martin nahm das Häufchen Elend in die Hand. Zwei Stecknadelknöpfe von Augen schauten ihn an. Dunkel, bittend, flehend. Warum nur, warum nur bin ich dir begegnet? Ich will sterben, hörst du? Ich

will zu meiner Frau, meiner Angi. Als hätte es in seinem Innersten einen Knall gegeben, zerbarst der Panzer um Martins Herz. Tränen stürzten über seine Wangen, auf das kleine Bündel in seiner zitternden Hand.
Nach und nach verebbte der Ausbruch. Martin war so erschöpft, dass er sich auf den Waldboden kniete. Das Kätzchen in seiner Hand. Auch es musste erschöpft sein, denn es hielt die Äuglein geschlossen. Lebte es noch?, fragte sich Martin. Um Gottes Willen, was sollte er nur tun? Das Kätzchen seinem Schicksal überlassen? Oder, wenn er das in Gottes Wille umsetzte, dann – von neuem begann er zu zittern, so sehr, dass er das Kätzchen auf den Waldboden legen musste. Mit der Stirne berührte er diesen, als kämen seine Gedanken einem Gebet gleich. Vielleicht waren sie es auch. Die trübe Stimmung wechselte zusehends. Als ein Sonnenstrahl die Kronen der blätterlosen Bäume erreichte, begann ein Vogel zu zwitschern. Martin schaute nach oben. Ein Vogel, der Himmel, ein Kätzchen und ein verrückter Mann. Spiegelbild einer irrealen Wirklichkeit. Martin nahm das fast leblose Bündel wieder in seine Hand, und ganz leise flüsterte er ihm zu: «Weisst du, leicht fällt es mir nicht, aber wenn du überlebst, überlebe auch ich. Das gelobe ich dir.»
Martin kehrte zu seiner Wohnung zurück, sorgsam bedacht, das Kätzchen nicht allzu sehr zu schütteln. Er legte es auf eine Wolldecke und griff danach zum Telefon. Der Tierarzt, den er anfragte, hüstelte leicht: «Tja, fürs erste kann ich wohl helfen, aber so, wie Sie mir den Zustand der Katze schildern, müssten Sie viel, viel Zeit investieren, das Tier braucht eine spezielle Pflege. Wenn Sie das können und wollen?» «Ja, das will ich»,

hörte sich Martin sagen. «Gut, dann bringen Sie die Katze in die Praxis.»
Monate waren verstrichen, ein Jahr. Martins Kätzchen hatte sich zu einer verspielten, lustigen Mieze entwickelt. Angi nannte er es. Sie war immer da, wenn er sie brauchte. Langsam fand er auch wieder in das normale Leben zurück.
Als der Frühling ins Land zog, nahte Angis erster Geburtstag. Auf welchen Tag das fiel, war völlig gleichgültig. Einfach ein Märztag. Die schmerzliche Erinnerung würde immer bleiben, doch das Leben ging weiter. Martin lud seine Katze zu einem feinen Schlemmerznacht ein: Crevettencocktail mit Avocado. Angi bevorzugte die Crevetten, und Martin goss für sich noch etwas Cognac nach. Als sie später wohlig und zufrieden auf dem Sofa aneinanderkuschelten, Angi schnurrte in den lautesten Tonarten, streichelte Martin über das feine Fell und murmelte: «Kleines Biest, wenn du nicht gewesen wärst ... aber du warst eben da ... warst eben da. Weisst du, manchmal geben sich der Tod und das Leben die Hand.»

Loslassen

Loslassen
... die Kinder, wenn sie flügge geworden sind.
... unverwirklichte Ideen, Visionen.
... quälende Gedanken in der Nacht.
... die Umarmung eines Freundes,
wenn der Abschied naht.
... die Wünsche, die Träume,
sie fliegen in den Himmel.
... die Hand eines geliebten Menschen,
wenn der Sensemann die andere nimmt.
... den alten Ballast, es wird uns leichter werden.
... Dinge, Gewohnheiten, die uns lieb
geworden sind.
... die Bande zu einem Menschen,
wenn dieser sie zerreissen will.
... den Körper, an der Schwelle zur Ewigkeit.

Loslassen
... wie unendlich weh dies tun kann,
vielleicht aber auch eine Erlösung ist.

Loslassen
... für immer ... ist, wie wenn ein Teil von uns
verloren gehen würde. Ist ein Gefühl der
Ohnmacht, aus Verzweiflung, Resignation, aber
auch aus tiefster Überzeugung, Überlegung
heraus die Bande zu lösen.

Loslassen
… finden wir in einer jahrtausendealten Geste.
Die Arme ausgestreckt, die Handflächen
nach oben gekehrt, verletzlich,
hilflos ausdrückend: Ich werde hergeben,
freigeben, bin über mich selbst gestiegen, will
loslassen, Gewolltes und Ungewolltes.

Loslassen
… braucht Mut und Zeit. Da können Sekunden
zu Tagen werden und umgekehrt.
Oder die Zeit scheint stillezustehen.

Vergangenheit, Gegenwart und Zukunft

Momente des Loslassens beinhalten Vergangenheit, Gegenwart und die Zukunft. Also Erinnerung, Entscheid und Neuorientierung. Dieser Vollzug ist vielleicht nicht sofort umzusetzen, erfordert ungeheuer viel Liebe, Verständnis, Herzenswärme und nicht zuletzt harte Kopfarbeit. Doch eigenartig, wenn wir gesagt haben: «Ich will jetzt loslassen», und es in den Ohren verklungen ist, liegen diese schwerwiegenden Worte und die damit verbundenen Auseinandersetzungen bereits hinter uns. Wir haben losgelassen, haben den Entscheid gefällt. Es gibt kein Zurück mehr. Vergangenes und Gegenwart liegen somit nahe beieinander. Noch ist die Leere allgegenwärtig, noch sind die Arme ausgestreckt, die Hände bloss.
Ja, wir hatten die Kraft loszulassen, so werden und müssen wir nun die Kraft aufbringen, Neuem entgegenzutreten, offen zu sein. Irgendetwas, das uns vielleicht noch fremd ist. Mag dieses Etwas noch im Dunkeln verborgen liegen, sei es ein Keimling in uns, um uns, der gerade in diesem Moment Wurzeln schlägt. Einst wird er Früchte tragen. Dieses Etwas wird unsere Handflächen füllen, denn ebenso, wie wir mit Grossmut das Wort loslassen gesagt und damit unser Leben verändert haben, werden wir mit Hoffnung, mit der Kraft des Glaubens der Zukunft entgegengehen.
Loslassen ... Vergangenheit, Gegenwart und Zukunft.

Es gibt Besseres,
als dauernd im Untergrund
zu grübeln
und ihn aufzuwirbeln.
Da sieht man ja
niemals klar.

Vermeintlich wertlose Stunden
tragen das hellste Licht in sich,
weil wir es nicht sehen wollen.

Wenn Flügel
tragen können,
kann es das Herz
noch viel mehr.

Auf leichten Schwingen

Beinahe schwerelos, grazil und leicht
ziehen sie gen Süden, der Sonne entgegen.
Die Schwalben!
Als Schwarm, gleich Hieroglyphen am Himmel,
entschwinden sie als Punkte am Horizont.
Noch habe ich sie bewundert,
ihren eleganten Flug,
im rasanten Tempo erhaschender Mückenjagd
ihre Perfektion, in gekonnter Akrobatik.
Auf Telefondrähten, in den Baumwipfeln
der Birken
haben sie sich gruppiert, zu Tausenden,
startbereit, die grosse, beschwerliche Reise
anzutreten.
Spätsommertag ist es,
der erste Nebel hat sich verzogen,
da beschleicht mich eine leise Wehmut.
Abschied, Entsagung der Wärme, der Liebe,
das Schöpfen aus dem Füllhorn des Sommers?
Was ist es, was meinen Phantasien
Flügeln verliehen hat?
Es muss der Wegzug der Schwalben sein,
denn ich habe ihnen meine Wünsche
und Träume mit auf den Flug gegeben,
sie auf leichte Schwingen gelegt.
Zwischen Himmel und Erde, so nahe den Äonen,
entrückt der Erde Fesseln,
habe ich sie freigegeben, losgelassen!

Und plötzlich werde ich gewahr
und wird mir bewusst,
dass all das, was mir unendlich wichtig schien,
belanglos wird,
Neid und Hass verblassen,
jeder Grössenwahn in sich zusammenfällt,
sich auflöst unter dem Baldachin des Himmels.
Fliegt, Schwalben, fliegt, über Berge,
Täler, Flüsse, zum weiten Meer.
Und mit euch meine kleine Seele.
Mit dem warmen Atem des Frühlings
werden sie zu uns zurückkehren,
die Schwalben.
Ein neues Leben beginnt,
ein Geist voller Wissensdrang
sucht Erfüllung in der ewigen Hoffnung
zwischen Himmel und Erde.

Nur ein hochgestecktes Ziel
birgt in sich die Chance,
die Hälfte zu erreichen.
Und das ist schon sehr viel.

Smog

Lichterketten glotzender Augen,
drängelnd, hupend, stinkend,
suchen das nahtlose Ein und Aus
im wiederkehrenden Karussell
vom Hier zum Dort und umgekehrt.
Verloren aller Wärme Lust,
in stählernen Panzern eingesperrt.

Verloren ist der Sterne Glanz,
kein Mondschein ist zu sehen!
Ein Nebelmantel hüllt den Tag
in grau diffuses Licht.
Die Sonnenscheibe bleiern winkt,
manchmal weint der Himmel Tränen.

Herbst, Winter

Wenn die Tage kürzer werden,
Dämmerung legt sich übers Land,
gespenstisch ziehen lange Schatten
vom Acker hin zum Waldesrand.
Wenn die letzten Blätter fallen,
im Farbenreigen gelb, rot, braun,
das Jahr sich neigt und ruht sich aus,
mir ist's, als merkt ich's kaum.
Noch mag die Sonne Feuer zaubern
im Geäst des Lärchenhains,
zum letzten Mal die Pracht verschenkend
im Zyklus, Werden, Vergehen, Sein.
Denn ganz versteckt in jedem Ästchen findet
sich ein Leben unversehrt
als Knospe, wartend auf den Frühling,
geduldig, tief in sich gekehrt.
Ja, wenn die Tage kürzer werden
und die Nächte lang und kalt,
der Eiswind bläst und donnernd
am Bergesfels es widerhallt,
kommen Zeiten der Erwartung eines Lichts,
das vom Himmel strahlt
und alle Finsternis zerbricht.
Es sind die Engel, die es tragen,
sorgsam, dass es nicht erlischt.

In Zeiten
des Sturms
zeigt sich,
was man
in guten
Zeiten
versäumt hat.

Die Kerze

Aus der Wanne geboren, gezogen,
einen Seelenstrang der Unschuld einverleibt,
zu lodern, flattern in hellem Schein;
kleinstes, grösstes Licht der Welt!
Mystik, im Tulpenkelch gefangen
als Segen, in Liebesschwur und -leid.
Ein Hauch des Himmels legt sich sacht,
wärmend auf der Menschen tiefsten Grund.
Dem Bettler, Hochzeitspaar,
auf gekröntes Haupt.
Verzehrend und erlösend ist dein Licht,
als kleinste Sonne – den Vergleich vergib!
Advent – eine, nein, tausend Kerzen brennen!

Wintertraum

Lautlos fällt der Schnee,
leicht vom Wind verweht.
Keusch liegt er als weisse Decke,
erstarrt in sich gekehrt.

Unschuld birgt der Wintermantel,
Reinheit deckt das Laster zu,
erstickt, was Hass war, in den Flocken,
was schwer erschien, zerstiebt im Nu.
Aller Weltenschmerz zerfliesst
in kristallner Sterne Ruh.

O weisse Pracht, mein Herz eilt
zu dir, mein Lieb, mit grosser Macht.
Es schläft und wacht auf leisen Sohlen
der Traum, aus dem der Tag erwacht.

Rauhreif

Die Eisprinzessin, auf leichtem Fuss,
sie schwebt durch Feld und Wald,
das lange Haar im Winde weht.
Den Schleier zieht sie übers weite Land,
den Winter hat sie fest in ihrer Hand.
Kalt ist ihr Hauch, der Atem springt
von Baum zu Baum, glockenrein erklingt
eine Melodie gar zart und hell,
verzauberte Idylle einer Märchenwelt.
Kristalle hängen von den Zweigen,
in Versionen nicken Blütenreigen.
Degen, Schwerter, bizarr geschliffen
ragen aus Hecken, aus Piratenschiffen.
Alles hat sich verändert zu erstarrtem Eis,
zu tausend Sternen,
wie der Himmel Sterne Kreis.
Ein heller Strahl
plötzlich durch den Nebel bricht,
um anzuschwellen zu sprühendem Licht.
Die Sonne, ... und in ihrem Gefolge
ein Prinz trägt ein Gewand aus purem Golde.
Geblendet bleibt die Eisprinzessin
regungslos stehn,
verharrend und staunend, Sekunden vergehn.
Der Prinz nimmt ihre Hand zum Munde,
küsst sie lang,
schaut ihr in die blauen Augen und
frägt sich bang:

Unsere Vermählung, wird sie vollzogen?
Ich weiss,
Umarmungen sind Sternstunden zwischen
Feuer und Eis.
Der Wunsch geht in Erfüllung, der Liebe Ziel.
Eins geworden sind sie,
keiner frägt den andern viel.
Zur Krönung beginnen Diamanten zu funkeln,
zu blitzen,
Perlenstränge fallen von den Bäumen,
aus allen Ritzen!
Welch eine Pracht, welch eine Glückseligkeit,
Augenblicke, die namenlos sind und ohne Zeit.
Für uns vergehen sie, das Schauspiel
hat seinen Preis.
Zurückkehren wird Feuer zum Feuer,
das Eis zum Eis.

Weihnachtsgeschichte

«Es ist ein Ros' entsprungen aus einer Wurzel zart» – Die Melodie hängt schwerelos im grossen Warenhaus. Aus den Lautsprechern schwingen sich die erbaulichen Töne in die Gänge, in alle Abteilungen. Sie drängen sich zwischen die Gestelle in die hinterste Ecke. Sie vermögen wie goldene Engel, funkelnde Sterne die Kunden zu überzeugen, zu bewegen, hier und jetzt das Kleingeld – oder gar das Grosse? – loszuwerden. Wer wünscht sich nicht eine heile, vielleicht sogar heilige Welt? Draussen wird es kaum Tag, die Nässe und die Kälte treiben die Menschen nach innen. Keiner fragt danach, was man verloren hat, was man sucht oder warum man einfach dasteht, um den Menschen zuzusehen.
Niemand beachtet den kleinen Buben in der Spielwarenabteilung. Er muss etwa acht Jahre alt sein. Seine schwarze Mütze tief in die Stirn gezogen, kniet er vor einem Gestell mit Legoschachteln. Gebannt betrachtet er das Bild auf einer solchen. Seine Hände sind in steter Bewegung. Im Kreise herum, wieder nach oben, nach unten, wo sie zitternd vibrieren, als müsste er eine schwere Last tragen. Erst als ihn ein etwa gleichaltriger Knabe unsanft anstösst, mit den Worten «Du bist im Wege», fallen seine Arme schlaff herunter. Beinahe unverständlich murmelt der kniende: «Alle Kisten sind eingeladen worden, mit Münzen, Goldbarren, Edelsteinen, die Segel wurden aufgezogen. Und ja, du hast mich wirklich gestört.» Der andere schüttelt verständnislos den Kopf «Spinnst wohl ein bisschen. Du hockst am Boden in einem Laden und versperrst den Weg! Oder bist heute noch nicht aufgewacht. Edelsteine gibt's im Traum.» «Habe eine Reise gemacht», will sich der Angesprochene recht-

fertigen, der sich nun erhebt und sein Gegenüber, wie als Entschuldigung, stupst: «Ich heisse Lucio – und du?» «Stefan!» «Weisst du, meine Mutter kann mir zu Weihnachten keine so grossen Geschenke machen, und so gehe ich in die grossen Läden, sehe mir all die Spielwaren an und mache daraus Geschichten. Das ist super toll, und warm ist es auch. Hast du denn viele Legospiele?» Im ersten Moment weiss Stefan nicht, was er sagen will. «Mutter schenkt mir, was ich mir wünsche. Aber das Piratenschiff, den Trax, der dort drüben steht, den Heli habe ich schon.»
Plötzlich wird Stefan ungeduldig: «Uff, Mutter wartet sicher auf mich. Sie geht immer am Mittwoch in die Stadt – kommst du wieder einmal in den Laden?» Lucio zieht die Schultern hoch: «Vielleicht, ich wohne in der Stadt, schon möglich!» Stefan eilt in den vorderen Teil des Warenhauses, wo ihn seine Mutter bereits erwartet. «Hast du etwas Schönes gesehen?», will sie von ihm wissen. «Kann sein», kommt seine eher abweisende Antwort. «Ja dann!» Zusammen besuchen Mutter und Sohn eine Cafeteria und trinken eine herrlich duftende heisse Schokolade. Drängelnde, mit vielen Paketen beladene Besucher versuchen ebenfalls einen leeren Tisch zu ergattern. An Stefan gleiten sie vorüber. Benebelt hört und sieht er sie nicht. Dafür steigen Bilder auf: eine Welt voller Märchengestalten, Piraten, Schiffe, vollbeladen mit Edelsteinen, Drachen, Feen, alle friedlich und gemeinsam unter dem Dach des Warenhauses vereint. Er würde wieder dorthin gehen, das wusste er. Nichts konnte ihn davon abbringen.
Er erschrickt beinahe, als sich Mutter erhebt und ihn an der Hand nach draussen in die Kälte zieht. «Hast du an Weihnach-

ten gedacht, du warst so still?» Stefan nickt leicht: «Ja, ja, an Weihnachten!»
Die beiden Buben werden Freunde. Fasziniert von der Phantasie, mit der Lucio seine Geschichten erzählt, macht Stefan Bekanntschaft mit einer unbekannten Welt. Kein Wunder also, dass er jeweils zu spät am Treffpunkt erscheint. Ärgerlich geworden, will seine Mutter wissen, warum das so ist. «Einfach so», meint er abweisend. Sie seufzt in sich hinein. Kinderträume! Da würde sie nie Zugang haben, und wahrscheinlich war das gut so. Doch eines Tages wird sie buchstäblich mit dem Geheimnis ihres Sohnes konfrontiert. Gerade ist sie dabei, ein Kuchenblech mit Weihnachtsguetsli aus dem Ofen zu nehmen, da hört sie im oberen Stock ein furchtbares Gepolter, begleitet von einem durchdringenden Schrei. Eilends nimmt sie zwei Stufen auf einmal, um nach oben zu gelangen. Stefan liegt am Boden, ebenso ein umgekippter Stuhl und eine Menge Rollen verschiedenster Weihnachtspapiere. «Au, mein Fuss!», stöhnt er und schon rollen die ersten Tränen über sein Gesicht. «Jetzt ist alles, alles futsch!» Seine Mutter untersucht sorgfältig den Fuss, versucht ihn zu bewegen und kommt zum Schluss, dass dieser sehr wahrscheinlich verstaucht ist. Auf dem Bett liegend, erhält Stefan Essigwickel um den Fuss gebunden. Die Mutter streicht mit der Hand sanft über Stefans Haar. «So, und nun erzählst du mir, warum du klammheimlich im Kasten nach Weihnachtspapier suchst. Ich hätte es dir doch geben können!»
«Eben nicht», schluchzt Stefan, und wieder kugeln heisse Tränen über seine Wangen. «Es ist ein Geheimnis. Ich wollte, wollte ... »

Wie in einem Puzzle, Stück für Stück erfährt Stefans Mutter von der Freundschaft ihres Sohnes. Die Schachtel mit dem Piratenschiff, die mit dem Helikopter und noch zwei weitere wollte er einpacken und nächsten Mittwoch Lucio bringen. Er könnte sich diese ja wieder wünschen. Der Sturz hatte alles zunichtegemacht.
Lange Zeit schaut die Mutter ihren Sohn an: «Ich hätte da eine Idee. Wie wäre es, wenn ich zum Treff gehen würde? Lucio muss doch wissen, dass dein Fuss verstaucht ist. Nebenbei könnte ich ihn fragen, ob er mit seiner Mutter zu uns ans Weihnachtsfest kommen könnte.» Stefan reibt sich die tränennassen Augen. «Und die Schachteln, die bringst du ihm!» «O nein! Neue lasse ich mir im Warenhaus von der Verkäuferin in schönstes Weihnachtspapier einpacken. Allesamt.» Stefans Augen werden gross. «Mammi, das ist mega, du auch!» Seine Mutter zwinkert mit den Augen. «Also dann, und jetzt fertig mit Heulen, so kann dein Fuss niemals heilen. Ja?» «Ja», doppelt Stefan nach. «Glaubst du auch an Märchen, Mutter?» Sie nickt leicht. «Kann sein. ln der Weihnachtszeit ist alles möglich! Es gab vor vielen, vielen Jahren eine Rose, die blühte gerade zur Winterszeit, und es gibt manchmal kleine Jungs, die wollen mit dem Kopf durch die Wand, obwohl keine da ist. Verstehst du?» Über Stefans Gesicht huscht ein Lächeln. «Ich verstehe – und weisst du was, jetzt weiss ich ganz genau, was ich mir zu Weihnachten wünsche, aber das schreibe ich später auf, es ist nämlich ein Geheimnis.»

Jahreswechsel

Die Tage, sie kommen, sie gehen,
sie binden sich zum Jahreskranz.
Dornen und Blüten im ewigen Wechsel,
verleihen dem Gebinde Glanz.

Inmitten dieses Blumenreigens
brennt eine Kerze hell und licht,
mögen Not und Sorgen weichen,
weil sie die Dunkelheit durchbricht.

Die Tage, sie kommen, sie gehen
sie binden sich zum Jahreskranz,
mit frischen ausgesuchten Blumen,
der Liebe und der Toleranz.